LE RIRE

Essai sur
la signification
du comique

喜剧的本质

[法] 亨利·柏格森 —————— 著

金炜 —————— 译

Henri
Bergson

陕西新华出版
太白文艺出版社

果麦文化 出品

前言 [1]

这本书包含三篇我们曾经发表在《巴黎杂志》[2]上的关于"笑"的文章（更确切地说是由喜剧引发的笑）。当把它们汇集成书的时候，我们也考虑过是否应该深入研究一番这一领域前辈们的思想，并对关于笑的各种理论进行一番正式的批评。但是这样一来，不但让论述显得过于复杂，而且会使文章篇幅过于庞大，尤其是对这样一个小主题来说。而且，在文中提到相关例子时，我们也或直接或间接地讨论了关于喜剧的种种定义，不论这种论述多么简短。所以我们未对原文做任何增减便发表了，仅仅附上了近三十年关于喜剧的主要著作列表[3]。

本书初版之后，又有不少相关著作发表，所以下面的附表相较之前的也有所增添。但是我们并没有对原著进行任何修改。当然，这并不是说这些不同的研究没有从多方面揭示"笑"这个话题。但是我们的方法在于确定喜剧"制造的过程"，而通常的研究方法却是致力于将各种喜剧效果归纳到一个过于宽泛简单的公式之中。这两种方法并不互相排斥，但是第二种方法所得到的结果并不足以改变第一种方法所得到的结果。在我们看来，只有第一种方法包含科学的精准性与严密性。也是基于这一点，我们恳请读者注意本版末尾所添加的附录。

亨利·柏格森

巴黎，1924年1月

目 录

第一章
喜剧通论——形式的喜剧性和动作的喜剧性
——喜剧的张力

001

第二章
情境的喜剧性和语言的喜剧性

061

第三章
性格的喜剧性

119

附录

关于喜剧的定义及本书所遵循的方法

181

尾注

186

参考文献

188

第一章

喜剧通论
——形式的喜剧性和动作的喜剧性
——喜剧的张力

笑意味着什么？可笑的事物中到底蕴含着什么？小丑的鬼脸、文字游戏、滑稽剧中的误会和高级喜剧的场景有什么共同点？我们要如何从形形色色的作品中——它们中有的散发出浓烈的气味，有的散发出优雅的芳香——提炼出始终如一的精华？自亚里士多德以来，伟大的思想家都遭遇过这个小问题，而这个问题也总是在压力下极力闪躲、溜走、逃脱，却又总是再次回来，对哲学思辨抛出傲慢的挑战。

我们之所以也来探讨这个问题，是因为我们并不想把喜感的美妙局限在一个定义之中。我们在其中首先就看到了活生生的东西。不论它多么微不足道，我们都应尊重它，就像我们尊重生活。我们仅限于观望它成长，看它开花盛放。喜感通过一些不易察觉的阶段，从一个形式到另一个形式，在我们眼皮子底下进行着奇特的形变。我们并不会轻视观察到的任何东西。或许通过这样持续的接触，我们可以获得比理论定义更灵活一些的东西——一些实际的、亲密的认知，就像从一个交往许久的朋友那儿获取的那样。或许我们还会无意间发现一些有用的认知。喜感即使在它最偏离正轨的表现当中，总也有它一定的道理，喜感带有一定的疯狂的意味，但它的疯狂总也会根据一定的方式，喜感也带有梦幻的性质，但在梦幻之中却能唤起一些能为整个社会立即接受和理解的幻象。喜剧的幻象怎能不告诉我们人类想象力，特别是社会性、集体性和大众性想象力的工作方式呢？既然它源自现实生活，与艺术相关联，它又怎能不对艺术和生活本身有所启示呢？

我们先要提出我们认为是基本的三个观点。这些观点和喜剧本身关系较小，而与该去哪儿寻求喜剧这个问题关系更为密切。

一

我们请读者注意的第一点：唯独在人类的范畴内，才有喜剧。风景可以是美的、幽雅的、圣洁的、平庸的或者丑的，但它永远不会是可笑的。我们可以笑一个动物，但那是因为在这个动物身上，我们看到一种人类的态度或表情。我们或许会嘲笑一顶帽子，但那并不是在嘲笑做帽子的毛毡或者稻草，而是在笑人类所赋予这顶帽子的形状，笑人类在给帽子做造型时的突发奇想。为何如此重要、如此简单的一个事实却没有引起哲学家们足够的关注呢？有些哲学家将人类定义为"一种会笑的动物"。其实他们也可以将人类定义为一种会使人发笑的动物，如果有其他动物或者没有生命的物体也令人发笑了，那是因为它们身上有某种和人类相似的东西，因为人类在它们身上留下了一些印记或者拿它们来派什么用场。

现在我们要说第二个值得注意的点：通常伴随着笑的是一种不动情的状态。看来只有在宁静平和的灵魂上，喜剧才能产生其震撼作用。冷淡疏离的心理状态是喜剧的自然环境。笑最大的敌人是情感。这并不是说我们不能笑一个让我们感觉怜悯或是爱慕的人，但是，在我们笑这个人的时候必须暂时忘了这份情感，关闭这种怜悯之情的开关。在一个纯知识分子的社会中，我们或许不再哭泣，但我们可能仍然会笑；而在另外一个社会里，人们的心灵都很敏感，身心完整合一，所有的事件都会引起情感的共鸣，那他们是不会认识也不会理解笑的。你可以试一下，在一个时刻，你对另一个人的一言一行都感兴趣，你设想着跟随别人的一切行动，感受别人所感受的一切，把你的同理心扩张到最大限度，那时你就会像是受到魔杖的支配，你看到的任何东西，哪怕再微不足道，都会变得重要，任何东西都会被镀上一层严肃的色泽。现在请你跳脱出来，以一个冷眼旁观者的心态看待生活，生活中很多的正剧就会变成喜剧。在一个跳舞的沙龙里，如果我们把耳朵捂上不去听音乐，那么那些跳舞的人就会瞬间变得可笑。人类有多少行为能够经得起这样的考验呢？我们难道不能看到很多动作，如果脱离了与之相伴随的引发情感的音乐，就会瞬间从严肃变为可笑吗？所以喜剧为了产生它的全部效果，必须要求我们片刻的情感麻醉。喜剧只单纯诉诸智力。

只是这种智力活动需要和其他人的智力活动保持联系——这是我们想要大家注意的第三个事实。如果一个人感觉自己是被孤立的，那他就不太能感受到喜剧。似乎笑是需要一种回声的。请注意：这不是一个干脆利落发完了事的声音，这是一个需要不断回响逐渐壮大延长的声音，就像山谷雷鸣滚滚翻响。但是这种回响不会持续到无限远。它可以在尽可能大的范围内扩张，但这个范围总是有限的。我们的笑总是一群人的笑。你也许在火车车厢或是聚餐餐桌上听到过旅客们互相讲述一些他们认为滑稽的故事，然后大家开怀大笑。如果你也是他们中的一员，你也会和他们一起笑；但如果你不是他们中的一员，你便不会有笑的冲动。有一次，一个男人去听牧师布道，现场其他人都听哭了，只有男人没有哭，别人问他为什么不哭，他回答说："我不是这个教区的。"这个男人对于眼泪的理解用到笑这件事上或许会更准确。不论看起来多么坦率，笑的背后总是隐藏着某种和实际上或想象中同笑的伙伴们的心照不宣，甚至可以说是同谋的东西。我们常说：在剧院里，观众越多，笑声就越大。我们也常说，许多和特定社会的风俗思想有关的喜剧是无法翻译成另一种语言的。但就是因为有人没有理解这两个事实的重要性，从而在喜剧中只看到供人精神消遣的一种简单的好奇心，而笑，就只是一种奇怪的、孤立的、与人类其他活动无关的现象。由此可见，那些单纯将喜剧看作被精神所感知到的"智性的对比"和"情感的荒谬"之间的抽象关系的定义，虽然确实符合喜剧的各种形式，却一点儿都没有解释为什么喜剧会使我们发笑。确实，为什么这个特定的逻辑关系，一旦被我们感知到，就立刻链接到我们，使我们快乐，撼动我们，而我们的身体对其他的逻辑关系却无动于衷呢？我们不从这个角度来探讨这个问题。为了理解笑，必须将它放置在它的自然环境中，也就是社会中；尤其应该确定笑的功用性，也就是它的社会作用。让我们现在就明确说明：这才是我们所有研究的指导思想。笑必须回应集体生活的某些要求。笑必须有一个社会意义。

让我们把这三个初步观察结论的交会点清晰地标注出来：当一群人聚在一起并把关注力全部放到其中一人身上，不动感情，而只运用智力的时候，就产生了喜剧。那么这时候他们的智力应该运用到什么上面去呢？回答这个问题，就已经把问题推进一步了。但有几个例子我们必须在这里列举一下。

| 二 |

一个男人在街上跑，他绊了一跤，然后摔倒了。行人纷纷笑了。如果我们设想这个人走着走着就突发奇想地坐到地上，我想大家是不会笑他的。但如果他

是一不小心坐到了地上，那大家就会笑他。所以令人发笑的并不是他突然改变姿势，而是他在这种变化中缺乏自主性，是出于一种笨拙。或许街上有块石头，他本该改变步伐或者绕开障碍物，但由于缺乏灵活性，出于疏忽又或是出于身体的顽固，总之出于一种僵硬或是惯性，肌肉在环境要求其改变的时候依然保持着原来的动作。这个人就这样摔了一跤，而路人也就因此笑了起来。

又假设有一个人，他过着一种极为严谨的生活。但他工作坊的东西被一个恶作剧的家伙搞得一团糟。这个人把羽毛笔蘸进墨水里，结果取出来时却蘸了一笔泥；他以为坐到了结实的椅子上，却一屁股跌到了地板上。总之，他的行为和他的意图背道而驰，或者他的努力都落了空。习惯推动着他，他本该停止行动，或者改变行动，但他并没有这么做，他只是继续机械地直线前行。工作坊的恶作剧受害者所处的境遇就像那个跑着跑着跌倒的人一样。他之所以具有喜感也是因为相同的理由。这两个例子中可笑的部分：

当处境要求人集中注意力、展现灵活性的时候，处境中的人都表现出某种机械式的僵硬。这两种情况唯一的差别：第一种情况是自发的，而第二种情况是人为制造的。在第一种情况中，行人只是旁观者；而在第二种情况中，恶作剧的人在进行实验。

因为，在这两种情况中，决定效果的都是外部情况，所以，喜剧是偶然的。可以说，喜剧停留在人的表面。它如何渗透人的内心呢？即让这种机械式的僵硬不需要通过偶然或人为设置的障碍就能表现出来。它必须通过一种自然的运作，从人自身深处不断寻找更新的机会，自然地展露出来。让我们想象一下，一个人的精神总是沉浸在他刚刚做完的事情中，而不是专注在他正在做的事情，就像唱一首总是跟不上伴奏的歌曲。让我们再来想象一个人，他的感官和智力都在某种程度上有些迟钝，他看到的都是不再存在的东西，听到的都是已经消逝的声音，说的话都不合时宜，总之，当下现实需要他做出改变时，他却只能适应已经过去的或者想象中的情况。这一次，喜剧便立足于这个人物本身了：这个人本身提供了一切喜剧所需的要素——质料与形式，原因和机会。所以我们刚才所说的那样一个心不在焉的人大多数情况下会吸引喜剧作家的注意力，这也就不是什么令人惊讶的事情了。当拉布吕耶尔[4]在路上遇到这么一个人，他就会通过分析，在其身上找到大量创造出喜剧效果的配方。但他有点儿用力过猛了。他对"梅纳尔克"这个人物做了最为冗长细致的描绘，来来回回、絮絮叨叨，搞得异常啰唆。由于主题过于简单，反而使作者不肯轻易罢休。确实，心不在焉并不是喜剧的源头，但的确是直接来自源头的一条事实和思想的水流。心不在焉确实是通往笑的一面天然的大斜坡。

但是心不在焉的喜剧效果还可以反过来得到加强。有一条普遍规律——我们刚刚找到了这条规律的第一个应用方式——这条规律是这样的：当喜剧效果出于某个特定原因时，这个原因越自然，喜剧效果就越大。把心不在焉作为一个简单的事实摆出来，我们已经会发笑。如果我们还能看到这种心不在焉的起源以及它的来龙去脉，这种心不在焉就会更好笑。我们再来举一个更具体的例子：假设有个人，他平常总爱读爱情小说或者骑士小说，久而久之，他的思想和意志便逐渐向小说中那些令他心驰神往的英雄人物靠拢，于是他像个梦游者一样在人群中游荡。他的行为都是心不在焉的。只不过他的所有行为都是源于一个可知的、确定的理由。这里喜剧的原因已经不再是纯粹简单的某种"缺乏"，而是人物在一种明确的（即便是想象中的）场合的"存在"。当然，摔倒总还是摔倒，但如果这个人是因为东张西望，或者两眼望着天上的星星而掉进井里，那又是另一回事了。堂吉诃德当时就是在仰望一颗星星啊。这种源于忘情于小说和沉溺于空想精神的喜剧多有深度啊！然而，如果重新确立一个概念——心不在焉必须作为一个媒介，那我们就会看到最深刻的喜剧和最肤浅的喜剧是相互联系在一起的。是的，这些爱空想的灵魂、这些狂热分子、这些意料之外又情理之中的疯子，和那个工作坊恶作剧的受害者或在街上摔倒的行人一样，扣动我们心中同样的心弦，表现出我们内心同样的机械式的笨拙，从而令我们发笑。他们也是奔跑中跌倒的人，是被人捉弄的天真者，是被现实绊倒的理想主义的奔跑者，是被生活恶意窥伺的纯真的梦想者。但他们首先是些心不在焉的人，他们比起其他人有一种优越性——他们的心不在焉是系统性的，围绕着一个中心思想，他们的不幸遭遇也是互相联系的，是现实用无情的逻辑来纠正梦想的——他们就是这样，通过互相叠加的效果在他们周围激起无穷无尽的欢笑。

现在让我们再进一步。固定思维带来的僵化对精神的影响不正像某些缺点对性格的影响吗？缺点就像是天性中的某种缺陷、意志的痉挛，就像是灵魂的一种扭曲。当然，有些缺点会令灵魂全神贯注地深深扎根其中，以其全部的力量滋养它们，煽动它们，带动它们以各种不同的形态循环活动。这些，是具有悲剧性的缺点。但那些让我们具有喜感的缺点却恰恰相反，它是从外部像个框子一样让我们自己钻进去的。它将自己的僵硬强加于我们，而不允许我们展现出自己的灵活性。我们无法将它复杂化，相反倒是它将我们简化了。喜剧和正剧最本质的区别好像就在于此——我们试图在本书的最后一章详细说明。有些正剧，当它刻画一些叫得上名字的激情和缺点时，会把它们深刻融入人物中，以至于大家都忘了这些激情和缺点的名字，甚至它们的一般特质也随之被抹去，我们根本就不去想它们，我们只会去想吸收了这些激情和缺点的人物。这就是为什么正剧只能起一个专有的名字作为题目。相反，很多喜剧一般会起一个通用的名字："吝啬鬼""赌徒"，等等。如果我请你想象一部剧，比如说名字叫"嫉妒者"，你一定会想到斯卡纳瑞尔（Sganarelle）[5]或者乔治·唐丹[6]，而不是奥赛罗[7]；"嫉妒者"只能是一部喜剧作品的名字。不论你有多么想把喜剧性的缺点和人物本身相连接，这种缺点总会保持其独立简单的存在；它依然是中心人物，虽然隐形但依然存在，有血有肉的人物都依附于它。有时，它以自身的重量拖动他们前进，拽着他们滚下长坡，并以此为乐。但更多时候，它像是演奏乐器或是像操纵提线木偶一样摆弄他们。让我们凑近看一下：你会发现，喜剧诗人的艺术就在于让我们充分认识这个缺点，使我们观众无比亲近这种缺点，最后我们也能从它手上弄到几根木偶线，并且玩了起来。我们一部分的乐趣就来源于此。所以，这里也是一样，使我们发笑的又是一种无意识的行为。这是和简单的心不在焉很相近的一种无意识行为。要自证这一点，只需要认识到：一个喜剧人物的喜感程度一般与其忘却自身的程度成正比。喜剧是无意识的。好像他反戴了裘格斯的戒指[8]，通过看不见自身而让所有人看见了他。一个悲剧人物并不会因为知道我们会如何评价他而改变自身行为；即使他能清楚意识到自己的本质，即使他非常清楚地意识到他在我们心中激起的恐惧，他也将坚持他的作为。但是一个可笑的缺陷，一旦一个人感觉到可笑，便会寻求改变，至少在外观上会做出改变。如果阿巴贡[9]看到我们嘲笑他吝啬，他即便不会改正，至少也会少在我们面前展露出来，或者以别的方式展露出来。这就是我们所说的"笑能惩治不良风气"。笑使我们努力表现出应该表现的样子，然后有朝一日我们就真的成了那个样子。

目前我们没有必要继续深入分析下去了。从摔倒的奔跑者到被人捉弄的天真者，从被人捉弄到心不在焉，从心不在焉到狂热，从狂热到意志和性格的各种变态，我们刚刚已经看到了喜感是如何一步步深刻地植入人物身上的，并且不断提醒我们，在最精妙的表演形式中，也有最粗糙的表演形式中的某些东西，即一种机械和僵硬的效果。现在我们就能对人性中可笑的一面和笑的一般功能有一个初步的看法，但因为是远远地看，难免模糊混沌。

生活和社会对我们每个人的要求是时刻清醒地注意，能够清晰辨明当下的情况，也要求我们的身体和精神具有某种弹性，使我们能够适应目前的情况。张力（tension）和弹性（élasticité），这就是由生命带来的两种相辅相成的力量。如果我们的身体极度缺乏这两种力量会怎样呢？那就会出现各种各样的意外、疾病或残疾。如果我们的精神严重缺乏这两种力量又会怎样呢？那就会产生各种不同程度的心理缺陷，各种不同形式的精神错乱。那如果我们的性格严重缺乏这两种力量呢？那就会对社会生活感到极度不适应，而这将是痛苦的根源，有时候甚至是犯罪的温床。一旦去除了这些影响生存严肃性的弱点（其实这些弱点在所谓的生存竞争中已经有自我淘汰的倾向），人就能活下去，也可以和别人一起活下去。但社会对人还有其他要求。仅仅活下去是不足够的，还要生活得有质量。现在社会所担心的是我们每个人只满足于关注生活中最基本的东西，而把其余的都交给约定俗成的简单的无意识行为。社会也害怕它的成员对那越来越紧密地交织在一起的各种意志不去做越来越细致的平衡，而只满足于尊重这种平衡的基本条件：人与人之间达成一个协议是不足够的，社会要的是人与人之间不断地相互适应。性格、精神甚至身体的任何僵硬（raideur）对社会来说都是可疑的，因为这是个信号，说明有一部分活力在沉睡，另一部分活力被孤立了，有一种和社会运行的共同中心相脱离的趋势，最终就导致一种离心的倾向。然而,社会并不能用物质去压制干涉这种情况,因为它并没有损害社会的物质层面。社会只是面临着某种令它不安的东西,但这只是一种征兆——连威胁都还算不上,最多算是一种示意。所以社会也只是以一种简单的示意作为回应。笑应该是这样一类的东西,一种社会性的示意(geste social)。

由于笑引起的恐惧,能压制那些偏离中心的行为,让那些可能孤立和沉睡的次要活动始终保持清醒,保持相互之间的关联,最终使停留在社会机体表面的机械化的僵硬恢复柔软。所以,笑不是纯粹的审美问题,因为它追求的(无意识的,甚至在很多特殊情况下是不道德的)是一个普遍改善的功利性的目的。但是,笑也有美学内容,因为喜剧正是开始于社会和人摆脱了自己的忧虑,而把自己当作一件艺术品来对待之时。总之,如果你画一个圈,圈住那些既有损个人或社会生活又会因其自然结果而受到惩罚的行为和气质,那么就会有一些东西留在这个情感和斗争的领地之外——留在一个人们互相出丑的中间地带，即某种身体、精神和性格的僵硬，这也是社会为了使它的成员获得尽可能大的弹性和尽可能高的社会性。这种僵硬就是喜剧性，而笑就是对它的惩罚。

我们暂时不必要求这个简单的公式立刻给所有喜剧效果一个解释。当然，它适用于那些基础的、理论的、完美的案例，在这些案例中，喜剧是不掺杂任何杂质的。但是重点是，我们想要把这个公式看作所有解释中的主导思想（leitmotiv）。我们应该随时想着它，但又不过分强调——就像优秀的击剑手虽然脑子里想着课上学习的不连贯的动作，但身体又保持连续的攻击。现在我们试图重建喜剧形式的连续性，从小丑的滑稽表演到最精妙的喜剧游戏，顺着这条线走下去，常常会遇到一些始料未及的弯路，时不时地停下，四处张望，最终回溯到悬挂着那根线的地方，我们或许会在那里发现艺术和生活之间的普遍关系，因为喜剧就是生活和艺术之间的平衡。

笑最大的敌人是情感。

Le rire n' a pas de plus grand ennemi que l' émotion.

三

让我们从最简单的开始。什么是一个喜剧性的表情？一个面部的可笑表情从何而来？我们如何区分喜剧和丑？问题被这样提出来之后，就只能武断地回答了。它虽然看起来很简单，但已经很难从正面回答了。我们先要给丑下一个定义，然后再来看喜剧为它添加了什么。然而丑并不比美容易分析。我们先来试一下我们常用的技巧。让我们来把问题放大，这么说吧，让我们把结果放大，直到原因凸显出来。那么就让我们把丑加强，使它达到畸形的程度，再来看畸形如何变得可笑。

不可否认的是，有些畸形在某些情况下的确比其他的畸形更容易引人发笑，这是种可悲的特权。讲得太过详细并没什么用，只需要浏览一番各式各样的畸形，然后将它们分成两组，一组是天性自然而然就使它好笑，另一组则是与好笑绝对背道而驰的，就可以推导出以下规律：任何常人能够模仿出来的畸形都可以是喜剧性的。

一个驼背的人是不是给人一种站不直的感觉？他的背已经形成了一种不好的习惯。由于物质上的顽固，由于僵硬，他会长期坚持这个习惯。尝试只用眼睛去看，不要思考，尤其不要推理。消除后天习得的认知，去探索天真的、直接的、原始的印象。你将会看到这样一个人：一个想让身体保持某种僵硬姿态的人，或者可以说，他想让身体做鬼脸。

现在让我们回到我们要阐明的那一点上来。当我们把可笑的畸形减弱的时候，我们应该得到喜剧性的丑。所以，可笑的表情是一个让我们想到表情正常运动时某些僵硬的、凝固的东西。一个凝固了的抽搐、一个定格住的鬼脸——这就是我们所看到的。或许有人会说，任何面部的习惯动作，哪怕是优雅美丽的表情，不也会给我们带来那种固定不变的习惯的印象吗？但这里有一个重大的区别需要指出。当我们谈论表情的美丑时，当我们说一张脸上带着表情时，这里所说的或许是一个稳定的表情，但我们可以想象它会是动态的。这个表情在凝固中保持着某种不确定性，从中依稀流露出它所表达的灵魂状态中所有可能的细微差别：就像是某些雾蒙蒙的春日早晨酝酿着白昼必然的炎热一般。但是，喜剧性的面部表情除表示它本身的意思外什么也不表示。这是个独一无二的、确定的鬼脸。可以说这个人整个的精神生活都凝结在这个系统里了。这就是为什么一张脸越能让人联想到可能概括人物人格的简单、机械的动作，就越有喜感。有些脸看起来一直在哭，有些则一直在笑或是吹口哨，另外一些看起来永远在吹一个想象中的号角。这些是最有喜感的脸。这里我们又一次验证了这条规律：那些解释起来越自然的，效果就越有喜感。机械化、僵硬、顽固的习惯留下的印记，这些都是面部表情让我们发笑的原因。但当我们能够把这些特点与一个更深刻的原因联系起来时，即和这个人本身自带的某种根本性的心不在焉（distraction fondamentale）相联系，就像这人的灵魂被某个简单动作的物质性所迷惑、催眠了般，那么这种喜剧效果还会进一步增强。

于是我们就不难理解漫画的喜剧性了。不论一张脸相貌多端正、线条多和谐、表情多舒展，都没有绝对完美的平衡。我们总能在一张脸上找到一些褶皱的预兆，一个可能的鬼脸的轮廓，最终变成了被天性扭曲的模样。漫画家的技艺就在于抓住这种有时候难以察觉的运动，并把它放大了让大家都能看到。他把他的模特尽情扮鬼脸时可能表现出的模样表现出来。他在表面和谐的形式下预言到了物质的深刻反叛。他将自然界中确实存在但因为被某种更好的能量压制着而尚未成型的那些比例失调和变形表现了出来。他那带着某种魔性的艺术，把原本被天使击倒在地的魔鬼扶了起来。毫无疑问，这是一种夸张的艺术，然而如果我们将它的目的定义为夸张，那我们就给了它一个错误定义，因为有些漫画比肖像画更为形象生动，有的漫画中根本看不出夸张的痕迹，相反地，如果过分夸张，也未必能得到一幅真正的漫画。要使夸张具有喜剧效果，就不能把夸张作为目的，而只把它作为一种简单的手段，绘画者借由这种手段，将他眼中所看到的自然界中酝酿着的扭曲放大出来让我们看到。重要的恰是这种扭曲，也正是这种扭曲让我们感兴趣。这就是为什么我们甚至会在不可能变动的面部，在鼻子的弧度、耳朵的形状中去寻找这种扭曲。因为对我们来说，形式是运动的轮廓。漫画家改变了鼻子的大小，但他遵循了鼻子的形态，比如说他把原本就被自然拉长了的鼻子进一步拉长，这就使鼻子做出了一个真正的鬼脸：自此，我们会觉得鼻子本身就想自己变长，鼻子本身就想做个鬼脸。就这个意义上来说，大自然常常会取得一些作为漫画家的成就。当它咧开这张嘴，缩短这个下巴，鼓起这个腮帮子，看起来它便已经成功躲过了一个更为理性的力量的调节监控，成功塑造了一个鬼脸。我们可以说，令我们发笑的正是这张脸本身的漫画版本。

总而言之，不论我们的理智遵从的是何种学说，我们的想象力有着自己更为坚定的哲学：在所有人身上，它都能看到灵魂为把物质塑造成形所做的努力，这个灵魂无限柔软灵活，永远流动不息，不受制于地心引力，因为吸引它的并不是地球。这个灵魂以其羽翼般的轻盈向其赋予生命的躯体传递着某种东西：由此进入物质的非物质的东西就是我们所说的"优雅"。然而物质却顽强抵抗，它想把这种因其高级原理而永葆青春的活力转变成如它自身一般的麻木、呆滞，使其退化为机械的动作；它想要把身体上机智多样的动作固定为愚蠢固执的褶皱，将脸部动态的表情僵化为持久的鬼脸，最终为整个人打上一种态度的烙印，使其仿佛全然地陷入一种机械的物质性的活动中不能自拔，而非与生机盎然的理性的链接中时刻保持自我更新。当物质成功地从外部麻痹了灵魂的生命，使其行动变得僵滞，最终妨碍了灵魂的优雅，它便使身体获得了一种喜感。因此，如果有人想要在这里通过将喜感与其对立面进行对比而为喜感下一个定义，那么，与其说喜感的对立面是美，不如说是优雅。与其说喜感来源于丑，不如说来源于僵硬。

四

我们现在要从形式（forme）的喜剧过渡到举止（geste）和动作的喜剧。让我们先来说明一下我们认为适用于这类事实的规律。我们不难从前面所说的几点看法中将其推演出来。

人体的姿态、举止和运动的好笑程度与这个人体使我们联想到简单机械的程度相一致。

我们不再赘述这条规律的直接运用，这样的运用不胜枚举。为了直接验证这一规律，我们只需要仔细研究一下漫画家们的作品。我们要从这些作品中剔除掉漫画的成分，我们已经对其做出了专门的解释，我们也要忽略作品中本不属于绘画本身的喜剧成分。有一点我们不该弄错——绘画往往是一种需要外借的喜剧，而文学是其首要的来源。我们也可以说一个画家同时也是一名讽刺作家，甚至是一名滑稽剧作者。与其说人们是笑那些图画本身，不如说是笑图画所表现出来的讽刺或喜剧场面。但是如果我们用坚定的意志把注意力只放在图画上,我们就会发现,画家越是既明确又谨慎地将一个人画成一个人形木偶,画面就呈现出越大的喜剧性。这种暗示必须明确,让我们仿佛隔着透明的东西看到人体内部可以拆卸的机械装置一般。但这种暗示又必须谨慎,必须使这个人物的四肢都僵化成机械零件,但又始终让我们感觉这是个大活人。一个机械装置和一个大活人,这两种形象结合得越紧密,图画的喜剧效果就越吸引人,画家的技艺也就越高超。喜剧画家的独特性就在于他给一个简单的木偶注入了某种类型的特殊生命。

但是,让我们先把这个原则的直接应用放在一边,而只把关注点放在更深远的影响上。虽然在很多搞笑的效果中我们仿佛都能看到一个机械装置在人体内部运动,但这种幻象通常会在它所激起的笑声中稍纵即逝。要使这个幻象固定下来,必须下一番功夫进行分析和反思。

比如说,有一位演说家,他的姿势和语言争相媲美。姿势嫉妒语言,它追着思想跑,也想要自我发挥出来帮助诠释演说家的思想。那就让它自我表现吧，但希望它能要求自己紧紧跟上思想的细节和发展。从演说开始到结束，思想会成长、发芽、开花、成熟。它从不间断，亦不重复。它必须时刻变动，因为停止变动就是停止存在。但愿姿势和思想一样生机盎然！愿它接受生命的基本规律，那就是——永不重复！然而，演说家的胳膊或者脑袋总在周期性地重复某个特定的动作。如果我注意到这个动作，如果它足以使我分心，如果我在等它发生而它正在我等待的时候发生了，我便会不由自主地发笑。为什么？因为这时候我眼前所见的，是一台自动运转的机械装置。这不再是一个生命，而是一个机械装置安装在生命里并且模仿生命。这就是喜剧。

这也是为什么有些姿势本来我们没想过要笑，但在有人模仿了之后就变得可笑。有人为这个非常简单的事实做了很多相当复杂的解释。如果你思考一下，就会发现我们的精神状态每时每刻都在变化，如果我们的姿势忠诚地跟着内在的思想活动，如果它们跟我们一样是有生命的东西,那它就不会重复;因此,它藐视任何模仿。只有当我们不再是我们自己的时候,我们才会变得可以被模仿。我想说的是,别人只能模仿我们姿态中机械统一的部分,而不能模仿我们人格中生动鲜活的部分。模仿某人,就是把他人格中机械的部分给提取出来。所以,所谓模仿就是使它具有喜感,它能使人发笑也就不足为奇了。

但是,如果说模仿姿势本身已经可笑,那么在保持这些动作不变形的前提下,向某种机械的操作倾斜时——比如说锯木头、打铁,或者不知疲倦地拉一根想象中的铃铛的绳子,那么这种模仿会更可笑。喜剧的精髓绝不是庸俗(虽然它肯定在其中也有点儿用)。当人做一个姿势并将它与一个简单的操作相联系,使这个姿势显得更具有机械化的本质,好像这个动作本身就该是机械性的时,喜剧效果才会更加突出。把这种机械性暗示出来应该说是滑稽作品最爱用的一种创作方式。我们刚才通过理性将这种方法推演了出来,但小丑们则是早就通过直觉知晓了这种方法。

与其说
喜感的对立面
是美，
不如说
是优雅。

Si donc on voulait définir ici le comique en le rapprochant de son contraire, il faudrait l'opposer à la grâce plus encore qu'à la beauté.

Il est plutôt raideur que laideur.

与其说
喜感
来源于丑，
不如说
来源于僵硬。

上面所论述的，破解了帕斯卡尔在《思想录》中提出的一个小谜团："两张相似的脸单独放着的时候，任何一张都不会引人发笑，但放在一起的时候，人们就会因其相似性而发笑。"我们也可以由此及彼地说："一个演说家的姿势，任何一个单独看来都不可笑，却会因其不断重复而变得可笑。"因为生动的生活本不该是重复的。在重复的地方，在完全相似的地方，我们就会怀疑生动的背后有某种机械装置在运作。请你们分析一下面前两张过于相似的脸：你会发现这两张脸就像是同一个模子里刻出来的样本，或者同一个印章打出来的两个印记，或者同一张底片洗出来的两张照片，甚至会想到工业制造的过程。把生活引导到机械的方向，这就是这里引人发笑的原因。

如果舞台上出现的不只是帕斯卡尔那个例子中的两个人，而是几个人，甚至尽可能多的人，彼此都很相似，他们来来回回，手舞足蹈，一起东奔西跑，同一时刻采取同样的态度，做出同样的姿态，那观众就会笑得更厉害了。这一次，我们明显想到了提线木偶。一根根看不见的线好像让他们胳膊连着胳膊，腿连着腿，每块面部肌肉都和另一人的面部肌肉相对应、相连接：这种对应关系的顽固性使原本柔软的身体在我们眼前凝固了起来，一切都僵化成了机械。这就是这种有点儿粗俗的娱乐节目的窍门所在。表演这些节目的演员也许没有读过帕斯卡尔的书，但他们却充分彻底地贯彻了帕斯卡尔文中暗示的思想。如果说在第二种情况中，令人发笑的原因是机械化的效果产生的幻象，那么在第一种情况中这种幻象也必然存在，只是更为微妙而已。

如果现在沿着这条道路一直探索下去，我们就能隐隐地发现之前提出的那条规律所产生的越来越深远、越来越重要的一些后果。我们会感受到更多机械效果所带来的稍纵即逝的幻象，那些不仅仅是简单的姿势带来的幻象，而是由人的复杂行为所暗示出来的幻象。我们猜测，喜剧的常用技法就是周期性地重复一个词或是一个场景、角色的对称性的倒置、误会的有规则的发展，还有很多其他把戏——它们的喜剧力量都来自同一源泉——滑稽剧作者的艺术或许就是在保留人类生活事件的逼真外表（也就是生活表面呈现出来的柔韧性）的同时，向我们清晰地呈现其中显而易见的机械性。但我们先不要预期随着分析进一步的展开能系统性地带来什么结果吧。

| 五 |

在更进一步分析之前，让我们先休息一下，看一看我们周围。就像我们在本书的开头就说过的那样：想要用一条简单的公式就推导出所有的喜剧效果是不现实的。从某种意义上来说，这样的公式确实存在，但它不是直线型发展的。我想说的是，推导过程中我们必须时不时地在一些主导性的效果上停下来，而这些效果每个都好像是一些典型，都有一些新的相似的效果围绕着它们。这些新的效果不能从公式推演出来，但由于它们与从公式推演出来的喜剧效果沾亲带故而显得有喜感。我们再次引用帕斯卡尔的话，用儿

何学家叫作"摆线"（roulette）的那种曲线来定义思想的进程吧。摆线就是车子在向前行进时，轮轴上某一点的轨迹：这一点虽然跟着轮子转，但它也随着车子前行。或者我们也可以设想森林中的一条大路，路上时不时有些十字路口：在每个十字路口我们都四下绕一圈，探一探每条岔路再回来，回到最初的方向。我们现在在其中一个十字路口。镶嵌在活物上的机械装置——这就是一个我们该停下的十字路口，我们站立在其中心，想象力向四周发散出去。朝哪些方向呢？主要有三个。现在我们就来一一探索，然后再回到那条笔直的道路上来。

（一）这种机械装置与生命互相交融的幻象使我们转向一种更模糊的画面——任意的某种僵硬被安置到流动的生命上，试图以笨拙的方式跟着它前进，并试图模仿它的灵活性。这样我们就不难猜到一件衣服是怎么变得可笑的。几乎可以说，任何式样的衣服总有其可笑的方面。只不过如果衣服是当下时兴的式样，我们已经相当习惯了它的样子，那在我们眼里它就更容易和穿衣服的人融为一体。我们的想象力不会把衣服和穿它的人分开。我们也不会想要把覆盖物的僵硬和所覆盖的东西的鲜活对立起来。因此在这里，喜感就停留在潜在阶段。只有当包裹物和被包裹物的不相容性如此之高，以至于即使是长时间的接触也无法使它们相融时，喜感才凸显出来，比如说一顶极高无比的礼帽。假设有这么一个特立独行的人，穿着过时的服饰，我们的注意力会集中到他的服饰上面，我们绝对会把衣服和人分离开来看，我们会说这个人是乔装打扮过的（仿佛其他衣服没有乔装打扮作用一般），衣服式样可笑的一面就如此由暗处转到了明面上来。

现在我们开始看出喜剧这个问题引起的一些细节方面的巨大困难。关于笑的很多错误或是不充分的理论的产生，其中有一个原因就是，很多本可以具有喜感的东西，由于长期连续的习惯，喜感这一美德被削弱了，于是实际上便不再具有喜感。为了重新唤醒这个美德，必须破除这种连续性，和日常习俗有一种断裂。大家可能会认为是这种连续性的破除产生了喜剧，但其实喜感只是由于这种连续性的破除被我们看到了而已。有人会用意外、对比等来解释笑，但这些同样也适用于一些我们不想笑的情况。真相没有那么简单。

我们前面已经讲到了乔装打扮这个概念。它是引人发笑的一个常见原因，弄清楚它的运作机制将会令我们受益匪浅。

为什么一个人的头发从深色变成金色就会令我们发笑？红鼻子的喜感又从何而来？我们为什么要笑黑人？这个问题看起来让人尴尬，因为像海克尔、克雷佩林、立普斯这些心理学家都先后提出过这个问题，并且给出了不同的答案。然而，我不知道这个问题是不是有一天在大街上，就在我眼前，被一个马车夫给回答了。他说坐在车上的一个黑人客人"没洗干净"。没洗干净！一张黑黢黢的脸会让我们立刻联想到擦了墨水或煤炭的脸。以此类推，红鼻子就是涂了一层红色颜料的鼻子。由此，乔装打扮已经将其具有喜感的优点传递到那些"我们其实没有乔装打扮，但看起来像是乔装打扮过的"情况中了。刚才说过，我们平常所穿的衣服和人是无法被分开来看的；我们觉得人和衣服已经融为一体了，因为我们已经看习惯了。现在，黑色和红色虽然是皮肤所固有的，但我们偏认为它们是被乔装打扮上去的，因为我们对它们不习惯。

由此，一系列关于喜感理论的新的困难便产生了。从理性的角度来看，"我日常穿的衣服是我身体的一部分"这样的话是荒谬的。然而如果只靠着想象力，我们却会相信这是毋庸置疑的。因此，想象有自己的逻辑，这种逻辑和理性的逻辑不同，有时候甚至是截然相反的，为了研究喜剧性和其他类似课题，其背后的哲学至关重要。想象的逻辑和梦境的逻辑相似，只不过这不是靠一个人的奇思妙想随意决定的，而是整个社会一起做的梦。想要重建这个想象的逻辑，我们必须付出一番特殊的努力，我们需要剥离掉习以为常的判断和根深蒂固的思想的外壳，才能看到在我们内心深处,纷杂的形象一一交织起来,犹如一股地下水一般汩汩流淌。这些形象并不是偶然地交织起来的。它们遵循某些规律,或者不如说是一些习惯,它们和想象的关系就像逻辑与思想的关系。让我们来看看我们现在所探讨的这种特殊情况中的想象的逻辑吧。一个乔装打扮过的人是可笑的。一个被以为乔装打扮了的人甚至更为可笑。由此推演,一切乔装打扮都有喜剧性,不仅是个人的乔装打扮、社会的乔装打扮,甚至是自然的乔装打扮都具有喜剧性。

先来说说自然吧。我们会笑一条剃了一半毛的狗,一个插满了五颜六色假花的花坛,一片每棵树上都贴了竞选海报的树林,诸如此类。我们来找找原因:因为这些都会让我们想到假面舞会。但喜感在这里是很微弱的,它离喜感的源头还太远了。想要加强喜感吗?那就必须追溯到它的源头,把这个派生出来的形象(就是这个假面舞会的形象)带回到原来的形象。我们记得,这个原始形象就是对生活的机械模仿。机械仿制出来的自然,必然是一个具有喜剧性的主题，围绕着这个主题，幻想做出不同的变换，必然能引起捧腹大笑。我们想起都德的小说《阿尔卑斯山上的戴尔伦》里的一个片段，蓬巴尔让戴尔伦相信（从某种意义上来说，也是让读者相信）瑞士就像是歌剧院地下那样，是由一家公司经营的一套装置机件，公司在那儿装置了瀑布、冰川和人造冰隙。英国幽默作家杰罗姆·K.杰罗姆（Jerome K.Jerome）的《小说笔记》(*Novel Notes*)中也有同样的主题，但是以完全不同的笔调。一位年迈的领主夫人，她想做一些好事，但又不想太费事，于是她在自己的住所附近安置了一些无神论者，为的是让他们皈依基督教。其实这些人是专门有人为她培养出来的，那些人原本是些正直的人，但被培养成了酒鬼，就是为了让老夫人来将他们从罪中拯救出来。诸如此类的故事，在一些具有喜感的词句中也同样出现，只不过像是遥远的回响，其中夹杂着或真诚或矫饰的天真，起到伴奏的作用。比如，有一次，天文学家卡西尼邀请 位女士来看月食，她来晚了，于是对卡西尼说："想必卡西尼先生愿意为我重新表演一次。"法国剧作家埃德蒙·冈迪内（Edmond Gondinet）的作品中也有一位人物来到某个城市，听说附近有座死火山，于是便说道："这儿的人曾经拥有一座火山，他们竟然就这么让它死了！"

让我们再来看看社会。我们生活在其中，而且依赖它维生，我们不能不把社会看作一个有生命的存在。如果一个形象能暗示我们，让我们想到一个被乔装打扮过的社会（也就是说，一个社会性的假面舞会），那么这个形象就会是可笑的。这个想法在我们看到这个社会中惰性的、现成的东西浮现在生动形象的社会表面的时候，就形成了。这还是一种僵硬，是和生命内在灵活性相违背的僵硬。社会生活的仪式性都包含一种潜在的喜感，只需一个机会便会爆发出来。我们可以说，对社会来说，仪式就像衣服对于人体一样：如果我们将仪式与举行仪式的庄严目的合起来看，仪式就是庄严的，但反之，如果我们的想象力将两者分离开来，仪式便立即失去其庄严性。因此，要想将一个仪式变得可笑，我们只需要将注意力完全放在其形式化的那一面，而忽略它的实质，就像那些哲学家们所说的——只想着它的形式，仪式的喜感便会凸显出来。这一点无须过度强调。众所周知，喜剧精神很容易从固定形式的社会行为中发挥出来——从简单的分发奖品到法院开庭。有多少形式和公式，就有多少喜剧可以插入其框架中。

但这里也一样，越是把喜感和它的根源靠近，喜感就越强。我们必须从"乔装打扮"这个衍生出来的概念追溯到它的原始概念，也就是被叠放到生活中的机械装置这个概念。所有仪式的刻板形式已经为我们做了暗示。一旦我们忘了典礼和仪式的庄严的目的，与会的人就会显得像是移动的木偶。它们的活动是根据不变的格式进行的。这便是一种机械性。但是，完美的机械性应该像一个如简单的机器一样例行公事的公务员，不加思考地将一条行政规则不由分说地当作自然规律一样来执行。多年以前，一艘邮轮在法国北部城市迪耶普附近遭遇海难，有几个乘客好不容易被救到了一艘船上。有几位海关官员也勇敢地参与了救援，但他们一开口问的却是："有什么要报关的吗？"我想起一位议员的话也有异曲同工之妙，尽管更为隐晦。一次铁路上出了命案，那位议员第二天就跑去质问部长："凶手在对被害人行凶之后，必然要反方向下车（非站台一侧），这是违反管理规章的。"

一种嵌入自然的机械装置，一种社会中无意识的规章制度——简而言之——这就是我们最终得到的两种好笑的效果。为了结束这一章节，我们还要将这两种效果结合起来，看看会得出怎样的结果。

这结合的结果显然是"人为的法规代替了自然规律"这样一个概念。我们记得莫里哀的喜剧《屈打成医》中，当热隆特告诉斯卡纳瑞尔人的心脏在左边而肝脏在右边时，斯卡纳瑞尔回答道："是的，以前是这样的，不过我们把它都改了，现在我们用一套全新的方法来研究医学。"还有莫里哀的喜剧《德·浦尔叟雅克先生》里两个医生的诊断："你的推理如此博学、如此优美，病人不可能不是一个忧郁的疑病症患者；即便他不是这样的病人，因为您华丽的辞藻和精辟的论证，他也会变成这样的病人。"这样的案例数不胜数，我们只要把莫里哀作品中的医生一一呈现在大家眼前就行。喜剧的幻想在这里显然已经走得够远了，而现实却往往有过之而无不及。有一位极爱辩论的当代哲学家，有人对他说，他的推理无懈可击，但和实验结果相反，而他却只是简简单单说了一句"实验错了"就终止了讨论。这是因为循规蹈矩地安排生活比我们想象的更为流行；虽然我们刚才是通过人为的组合得出这种思想的，但这种思想却是自然的。我们可以说，正是这种思想给我们指出了学究气的精髓，说到底，学究气并不是别的什么东西，只不过是自以为胜过自然的那套技艺。

因此，总而言之，当这个概念从"人体人为机械化"到"以人为的东西代替自然的东西"时，我们得到的虽然还是同样的效果，但更精妙了。一种越来越不严谨，越来越像梦境的逻辑，把同样的关系转移到越来越高的范围中去，移入越来越无形的项目中去，最终，规章制度对自然法则或是伦理法则来说，就好比人造衣服对人体那样。在我们要探索的三个方向中，我们已经把第一个方向探究到底了，让我们转到第二个方向，看看它会把我们引到何处。

（二）我们的出发点还是"镶嵌在活的东西上面的机械的东西"这一点。这里，喜感来自哪儿呢？来自活生生的身体僵硬成了机器。在我们看来，活的身体应该是充分灵活的，应该是那永远在运作的本原（principe）的永远清醒的活动。但是这种活动与其说是属于身体的，不如说是属于灵魂的。它应该是一个更高的本原在我们身体中点燃的火焰，因为某种透明的效果而被我们从体外看见。当我们在这个活的身体上只看到优雅和柔韧时，那是因为我们忽略了在这个身体上还有笨重和结实——总之是物质性的一面。我们忘了它的物质性，只想到它的活力，而我们的想象力也把这种活力归功于智力和伦理生活的本原。但是，假设我们把注意力放到身体的物质性上，假设身体不具有那个给它注入活力的本原的轻盈性，那我们就只能把它看作一个沉重碍事的外壳，一个讨厌的压舱物——绊住了迫不及待想要离开地面的灵魂。于是，身体对灵魂来说就像刚才所说的衣服和身体的关系那样，它就成了叠加在生动的能量之上的死气沉沉的物质。一旦我们清楚地感觉到这种叠加，喜感就产生了。尤其当我们看到灵魂被身体的需要愚弄时，这种叠加就更加明显了——一方面是具有多样智能的道德人格，另一方面是以机械的固执性来干预和阻挠笨拙单调的身体。身体的要求越是琐碎，越是周期性地重复，喜剧效果就越显著。但这只是个程度问题，这些现象的一般规律可以这样总结：一切与精神有关而结果却把我们的注意力吸引到人的身体上去的事情都有喜感。

为什么我们要笑一个在演讲到最激情澎湃的地方突然打了一个喷嚏的演说者？一位德国哲学家在别人葬礼上致悼词的时候说了一句"死者高风亮节，身宽体胖"，这为什么会让我们觉得好笑？那是因为我们的注意力突然从灵魂转向了肉体。日常生活中这样的例子不胜枚举。如果你不想费神去搜集，只需要随意翻开法国喜剧作家拉比什（Labiche）的作品就行了。

你随时都会看到这样的喜剧效果。一位演说家，每次说到动人之处，就要被突然发作的牙疼打断；或者是另一个人，每次说着说着总要停下来抱怨皮鞋太紧或者腰带太勒，诸如此类。这些例子给我们暗示出来的形象都是为自己身体感到尴尬的人。身体过度丰腴的人之所以可笑，就是因为他让我们想起了这样的形象。也是因为同样的理由，腼腆有时候也会变得可笑。人们会觉得腼腆的人为自己的身体感到不自在，想在身边找个地方把身体存放起来。

也是因为这样，悲剧诗人总是小心避免让人们关注他笔下主人公物质方面的东西。一旦涉及对身体的关注，那么喜剧因素就有可能渗透进来。所以这就是为什么悲剧的主人公们总是不吃不喝也不用烤火取暖甚至如果可以的话，他们都不用坐下来。一边念着大段独白一边突然坐下来，就会提醒观众，主人公也是有身体的。拿破仑是他那个时代的心理学家,他曾经注意到,单单是坐下来这么一个事实,就足以把悲剧变成喜剧。在古尔哥(Gourgaud)男爵未发表的日记中就有这方面的记载(说的是在耶拿之战后,拿破仑和普鲁士王后的一次谈话):"她用悲惨的语气迎接我,就像悲剧《熙德》的女主角:'陛下,正义!正义!马格德堡!'她一直用这种语气和我说话,这让我很尴尬。后来,为了让她换一种说话语气,我请她先坐下。要打断一个悲剧性的场面,再也没有比这更好的方法了,因为只要坐下来,那就成了喜剧。"

现在让我们扩大一下这个形象:身体支配灵魂。我们会得到一条更普遍的规则:形式想优先于实质,文字在头脑中争吵。这不正是喜剧试图取笑某种职业时向我们暗示的想法吗?喜剧让律师、法官、医生说话的时候,仿佛健康和司法没什么了不起,重要的是要有医生、律师和法官,重要的是职业的外部形式应该得到充分的尊重。这样,手段代替了目的,形式代替了实质,不是为了公众才有了某个职业,而是为了某个职业而有了公众。对形式的持续关注，对规则的机械运用，在这里就产生了一种职业性的机械化，这种机械化可以和身体的习惯强加于精神的那种机械动作相比，并和它一样可笑。戏剧中这样的例子比比皆是。现在我们不去深入研究这个从主题发展出来的变奏曲的细节，我们来引用两三段文字，主题在那里表现得非常明了："我们给病人看病不过是走走形式。"莫里哀的喜剧《无病呻吟》里的迪亚福拉斯这么说道。莫里哀的喜剧《医生之恋》里的巴依斯说："与其违反规则而死里逃生，不如按规则病逝。"同一部喜剧中，德斯福南德雷斯说："不论可能发生什么，必须按规矩办事。"他的同行托梅斯也给出了理由："一个死人就是一个死人，但如果忽略了一道手续，那就给全体医生的名誉带来了巨大的损失。"《费加罗的婚礼》中布里迪奥松虽然含义稍有不同，但同样意味深长："形——式，您明白吗，形——式。一个笑穿短西服的法官的人，只要看到一个穿长袍的检察官就会瑟瑟发抖。形——式，形——式。"

随着我们的研究进一步深入，有一条法则就越来越明显，我们先在这里举出第一个实例。当一个音乐家在一个乐器上奏出一个音，其他音符也会自动跟着出来，没有第一个音响亮，但和它保持着一定的关联，它们叠加在其上，来丰富其音色：在物理学上，这些音叫作基音的泛音。喜剧的奇幻，即使在其最夸张的创造中，难道就不会遵照类似的规律吗？比如让我们来想想这个具有喜感的音符：形式想要优先于实质。如果我们的分析是准确的，那么这个音符就应该有以下这个泛音：身体捉弄精神，身体支配精神。所以，当喜剧诗人弹出第一个音，第二个音就会本能地、不由自主地添加上去。换句话说，喜剧诗人将以身体的搞笑加强职业性的搞笑。

当布里迪奥松法官结结巴巴地上台时，难道他不是正通过口吃本身，让我们理解到他要演示的那种思想的僵化的吗？究竟是什么神秘的关系能把身体的缺陷和精神的狭隘联系起来呢？或许是因为我们总觉得这个思维的机器同时也是语言的机器。无论如何，反正没有任何其他泛音可以更好地充实这个基音了。

当莫里哀在《医生之恋》里让两个可笑的医生巴依斯和麦克罗通上场的时候，他让一个讲话讲得特别慢，每个音节都抑扬顿挫地往外蹦，而另一个则是嘟嘟囔囔地说不出话。《德·浦尔叟雅克先生》中的两位律师也表现出同样的对比性。一般来说，说话的节奏中暗藏着身体的奇特，而这又可以用来补充职业的奇特。当剧作家没有指出这样的缺陷的时候，演员也很少不凭着本能补充上去。

所以在我们拿来进行比较的两个形象——以某些形式固定下来的精神和由于某些缺陷而僵化的身体之间，存在着一种自然的，也自然会被我们认出的联系。不论我们的注意力是从实质转向了形式，还是从精神转向了肉体，在这两种情况中，传递给我们想象的都是同一种印象；在这两种情况中，都是同一种喜感。这里，我们依然试图忠实地遵照想象力自然流动的方向。我们记得，这个方向是从中心形象发展出来的第二个方向。我们眼前还有第三条也是最后一条路，现在我们就要踏上这条路。

（三）让我们最后一次回到中心形象：镶嵌在活物上的机械装置。这里所说的活物，指的是人类，而机械装置则是物。所以，引人发笑的就是这个由人到物换位的瞬间——如果我们可以从这个侧面去观察形象的话。现在让我们从机械物体这样一个精准的概念转到一般的物这样一个更为模糊的概念，我们就会拥有一系列新的可笑的形象。这些形象可以说是通过模糊最初的形象的轮廓而得来的，同时，它将使我们得到一条新的规则：但凡一个人让我们觉得他是一个物体时，我们都会觉得好笑。

当《堂吉诃德》里的桑丘·潘萨被人丢到一条毯子里像只皮球一样抛到空中时，我们就会发笑。当闵希豪森男爵[10]变成一发炮弹划过天际的时候，我们也会发笑。不过，也许某些马戏团的小丑表演可以更精准地验证这一规律。当然，我们必须把小丑用来装饰主题的插科打诨删减掉，只回到主题本身，也就是只保留构成小丑艺术中真正具有"小丑性"的那些姿态、蹦跳和动作。这种处于纯粹状态的喜感，我只见过两次，那两次中我得到的印象是一样的。第一次，小丑们以一种均匀的加速度走来走去，互相碰撞，摔倒了又蹦跳起来，显然是要制造一种类似音乐中"渐强"的效果。观众的注意力越来越被吸引到弹跳上去，而忘了眼前是一些有血有肉的人。我们会觉得那只是一些起落碰撞的包裹。于是景象变得更加明确。小丑们好像越来越圆，滚着滚着滚成了一个个皮球。随着景象不知不觉地演变，最后出现了这样的形象：一个个皮球向四面八方扔来扔去、撞来撞去。第二次的场景虽然稍显粗糙，但也一样具有启发性。两个人物出现，巨大的脑袋光秃秃的。每人拿一根大棒，轮流用大棒砸对方的脑袋。这里依然可以看到循序渐进的过程。每挨一棒，身体就显得越发沉重，越发僵硬，身体像是被一种不断递增的僵硬侵占了。反击间隔的时间越来越长，但声音也越来越沉重、越来越响亮。脑袋上回响的巨响，在安静的剧场里显得更为震耳欲聋。最后，两人都变得身体僵硬、行动缓慢，直挺挺得像个字母"I"，两个身体向彼此倾斜，两根大棒最后一次敲在两个人的脑袋上，声音宛如木槌落在橡木梁上，两人迅即躺平在地上。这一刻，两位艺术家逐渐印入观众想象中的暗示变得清晰起来："我们将成为，我们已经成为木头人。"

这里，某种模糊的本能使即便从未受过教育的人也会感到心理学的某些最微妙的结果。众所周知，在催眠中，我们可以用简单的暗示来引起被催眠者的错觉。我们对他说，一只鸟停在他的手上，他就会看见这只鸟，甚至会看到这只鸟飞走。但是每个人对暗示的接受程度并不相同。通常来说，实施催眠术的人需要逐步用拐弯抹角的方式，才能把暗示安插到被催眠者的脑海中。他首先从被催眠者真正看到的物体出发，然后他会努力把这种感受一点一点模糊化，然后一步一步地使他想要用来制造错觉的物体的精准形状从这种模糊的形象中脱离出来。

有些人快睡着时会看到一大片一大片五颜六色、流动变幻、形状不一的东西出现在视野中，然后不知不觉中慢慢变成固定形状的东西，正是这样的过程。所以，从混乱到清晰的逐步演变过程就是绝妙的暗示方法。我相信我们可以在很多具有喜感的暗示的深处找到这样一个过程，尤其是有些粗俗的喜剧，其中，人变为物的转化过程好像就在我们眼皮子底下进行。有些过程则更为隐秘，比如那些诗人所用的手法，但他们的目的是一样的，尽管他们或许没有意识到。我们可以用某些韵律、韵脚和谐声的办法，让我们的想象力坐进摇篮里，在有规则的摆动中，让它乖乖地接受所暗示的幻象。我们来听一下勒尼亚尔的几句诗歌，看看你会不会隐约想到一个洋娃娃的形象：

……而且，他四处举债

一万零一个铜板，

只为谨守诺言给它一年间

穿衣、坐车、取暖、穿鞋、戴手套，

吃饭、剃头、喝水还要抱抱。

你们有没有发现，在《费加罗三部曲》中有这样一段话（尽管我们在这里可能试图暗示动物的形象而不是事物的形象）也有异曲同工之妙：

"他是个什么样的人？"

"这是个漂亮的矮胖子，年轻的老头子，胡子灰白，诡计多端，剃个光头，疲惫不堪，成天猫在那儿东张西望，不是骂人就是哀号。"

在这些很粗俗的场景和这些很精妙的暗示之间，应该还可以安排无数有趣的效果——所有那些用谈及简单事物的方法来谈及人的，取得的就是这样的效果。拉比什的剧本中这样的例子比比皆是，让我们来采撷一二。佩里雄在上火车的时候，为了确认自己没有遗忘任何行李，在那儿数道："四、五、六，我老婆七，我女儿八和我九。"另一个剧本中，一位父亲这样炫耀他女儿的博学："她能一字不落地报出所有发生过的法国国王的名字。""发生过的"这几个字虽然没有把法国国王们变成简单的物件，但也将他们和没有生命的事件等同了起来。

从刚刚说的这个例子我们就能看出：不一定要把人和物极端地等同，喜感也可以产生。我们只要进入这条路子——譬如说，把人和他所担任的职务混淆起来。我只引用阿布的小说中一位村长所说的话："省长先生一直对我们关怀备至，尽管从某某年开始，省长已经换过好几次了……"

这些笑话都是按照同一种模式炮制出来的。现在我们既然已经掌握了这个公式，就可以炮制出无数相似的笑话。然而讲故事的人和滑稽剧作家的艺术并不只限于制造笑话。难点就在于给这个词赋予暗示的力量，也就是使读者能接受到暗示。我们之所以会接受一个笑话，只是因为在我们看来，它要么是出于某种心态，要么是因为这个笑话契合某些环境。我们知道佩里雄先生因为第一次旅行而无比激动。"发生"这个词显然是小女孩在父亲面前背功课时常用的词，这两个字让我们想起了背书。最后，对行政机器的崇拜足以让我们相信，尽管省长换了人，它的职务功能和谁担任省长并没有关系。

我们现在离笑的本源还相当远。一个本身难以解释的喜剧形式，的确只有通过另一个和它具有相似形式的喜剧才能被理解，而后者又只能通过它和第三个相似喜剧的关联才能引我们发笑，这样以此类推到无穷尽：不论人们设想的心理分析多么具有启发性和洞见性，如果它能一脉相承地让具有喜感的印象从某一系列效果的一端向另一端发展，也难免会误入歧途。这种发展的连续性从何而来呢？到底是什么压力，是什么奇怪的推动力让喜剧从一个形象滑向另一个形象，离起点越来越远，直到它破裂并消失在无穷远的类似物中？是什么力量把树枝一分再分为细枝，把树根分为细根？有一个不可抗拒的规律统摄着一切生命能量，任何生命能量，不论它存在的时间多短，这个规律都规定它要覆盖尽可能大的空间。喜剧正是这么一种生命能量，像一种奇特的植物，蓬勃地生长在社会的贫瘠之地，等待着文化让它与最精致的艺术产品竞争。的确，我们刚才看到的喜剧的例子距离伟大的艺术还很远。但我们在下一章中所谈的喜剧，尽管还不能完全达到伟大艺术，但也将更接近艺术。在艺术之下，还有技巧的问题。现在我们要深入探讨的正是技巧领域，那是自然和艺术之间的中间地带。我们接着来聊聊喜剧作家和风趣幽默的人。

第二章

情境的喜剧性和语言的喜剧性

| 一 |

我们已经大致研究了形式、态度及动作的喜剧性，现在我们要来探寻情节与情境中的喜剧性。当然，我们很容易在日常生活中遇到这类喜剧性，但或许它们并不是最适合拿来做分析的。如果说戏剧是对生活的放大与简化，那么，在我们这一特定主题上，它也会比现实生活给我们提供更多指引。或许我们应该把这种简化更推进一步——追溯到我们最早的回忆——童年的游戏，毕竟这些是最早期的让人发笑的因素。我们常常会认为快乐和痛苦是我们生来就熟悉

的情绪,好像它们没有自己的历史。尤其是,我们常常认不出我们大部分快乐情绪中所蕴含的与童年相关的成分。如果我们仔细观察,便不难发现——多少现在的快乐只不过是对过往快乐的回忆!如果我们将很多情感中纯粹回忆的东西去除掉,其中还剩下什么能被我们在严格意义上感受到的东西呢?谁又知道,我们到了一定年纪,是否会对新鲜的快乐无动于衷?成年人最甘美的满足除重温童年情感外,还能是什么别的东西吗?童年的情感就像阵阵飘香的微风,随着时间日益流逝,它吹拂我们的机会也日益稀少。总之,不论我们如何回答这个宽泛的问题,有一点总是毋庸置疑的:成年人的快乐与孩子游戏时感受到的快乐是绵延没有间隔的。而喜剧就是一种游戏,一种模仿生活的游戏。如果说孩子们在游戏的时候是通过细线来操纵洋娃娃和木偶,那我们是否也该重新找寻到这些越磨越细的、串联起各种喜剧场景的关键线?我们还是从孩子的游戏说起吧。孩子们会不自觉地在心中放大木偶,为它们赋予生命,最终,木偶成了一种模棱两可的状态——虽然依然是木偶，但同时也变成了活生生的人。我们也因此得到了一些喜剧人物。我们也可以在这些喜剧人物身上检验在前面的分析中得到的规律。我们可以通过这种规律来定义通俗意义上的滑稽情景——所有行为和事件的安排，只要能让我们感受到一种幻觉——它既像日常生活，却又给人一种机械设置的直观感受，那这样的安排就制造了喜剧。

（一）弹簧魔鬼。我们小时候都玩过那种有魔鬼跳出来的盒子。把它压下去，它又会再弹起来。压得越低，反弹得越高。把它压到盖子底下，它往往会整个跳出来。我不知道这类玩具是不是由来已久，但其中包含的这种喜感肯定是由来已久。这是两股执拗的力之间的矛盾——其中一股力是纯机械的，通常它会屈服于另一股力，而后者对此感到有趣。猫戏耍老鼠也有着同样的喜感，猫每次都让老鼠像弹簧一样逃脱，紧接着却又一爪子将其按住。

我们再来说说戏剧。要从法国木偶戏吉尼奥尔

（Guignol）说起。当警察局长冒冒失失上台后，他立马就被一棍子打趴在地上。他又站起身来，紧接着又被一棍子打趴在地。他再站起来，再一次被打趴下。随着警察局长趴下、起来，就像弹簧以固定的节奏一紧一松，观众的笑声便越发响亮。

现在让我们来想象一个精神弹簧，想象一个想法刚刚冒出来就遭到压制，压制后又冒出来；想象一串话，刚冲出口又被打断，被打断后又忍不住冲出口。我们将重新看到这样一个景象：一股力量在拼命坚持，而另一个顽强的力量又在拼命与之抗衡。只不过这个景象失去了它的物质性。我们不再聊吉尼奥尔了，我们来聊聊真正的喜剧。

很多喜剧场景的确可以归结为这个简单的类型。比如在莫里哀的《逼婚》里斯卡纳瑞尔和庞克拉斯的一场戏中，喜感来源于一个冲突：斯卡纳瑞尔一心想要这位哲学家听他说话，而这位哲学家却非常固执，简直是一部自动运作的说话机器。随着剧情的发展，弹簧魔鬼的形象就越来越鲜明了，以至于最后两个人物自己都产生了弹簧魔鬼的动作——斯卡纳瑞尔一次次把庞克拉斯推到幕后去，而庞克拉斯又一次次折回来继续喋喋不休。最后，斯卡纳瑞尔终于成功把庞克拉斯关进一间屋子里（我差点儿要说塞进箱子里），但砰的一声，窗户被打开了，庞克拉斯的脑袋又从窗户里弹了出来，就像弹簧魔鬼从盖子里冲出来一样。

《无病呻吟》中也有同样的场面。阿尔冈冒犯了医学，医学通过医生普尔贡之口说出了一切人可以生的病。每当阿尔冈从椅子上起来像是要堵普尔贡的嘴时，普尔贡就像是被人推入幕后一样，暂时离开舞台，一会儿又像是被弹簧所驱动，跑回舞台上重新开骂。阿尔冈先生不停地叫着"普尔贡先生！"，像是给这部小喜剧打拍子。

让我们再靠近一点儿，仔细看一下这个张弛不停的弹簧形象，把它的关键点找出来，我们将得到经典喜剧的常用方法之一——重复。

戏剧里不断重复一个词，为什么就好笑呢？要想找一个关于喜剧的理论来完美地回答这个简单的问题将是徒劳的。只要我们想从这个特征本身去寻找一个可笑的点，而不把这个特征和它所暗示的东西连接起来，那这个问题就永远也解决不了。流行方法的不足之处在这儿展现得再淋漓尽致不过了。事实是，除我们之后要谈到的某些很特殊的情况外，重复一个词这件事本身并不可笑。它令我们发笑只是因为它象征着某种特定精神因素的游戏，而这个象征本身又代表着一种纯物质性的游戏。这其实就是"猫抓老鼠"的游戏，就是小孩玩的弹簧魔鬼游戏——只不过更加精细、更精神化——转移到情感和思想的领域中来了。让我们来陈述一下，我们所认为的定义了"戏剧中词句的重复所带来的主要喜剧效果"的规则：在一个喜剧性的词句重复中，通常有两个东西，一个是被压抑的情感像弹簧一样爆发出来，而另一个是热衷于重新把情感压抑下去的思想。

《伪君子》中当女仆朵琳告诉奥尔贡他妻子的病情时，奥尔贡却不断打断她，一心探寻塔图菲的健康状况，他不断在问："塔图菲呢？"这个问题就让我们分明想到了蹦起来的弹簧的形象，而朵琳则是充当了那个压制弹簧的形象，她每次都继续谈论奥尔贡妻子艾尔弥的病情。在《斯卡潘的诡计》中，当斯卡潘向老热隆特宣布他的儿子在著名的战舰上被俘虏，必须尽快赎回时，他完全利用了热隆特的吝啬，就像朵琳利用了奥尔贡的盲目一样。这种吝啬刚被压下去，立马又自动冒了出来，正是为了强调这种自动性，莫里哀才会写下那句不断重复的、表达对不得不给钱的懊恼的台词："他为什么非要跑到那该死的战舰上去呢？"同样的评论也适用于《吝啬鬼》中瓦莱尔劝说阿巴贡他不该把女儿嫁给一个她不爱的男人。"没有嫁妆！"吝啬鬼阿巴贡总是用这句话来打断他。在这句自动反复出现的话背后，我们可以隐约看出一个由固定的思想装上的重复机械装置。

确实，有时候这个装置是不太容易辨认出来的。我们这里就遇到了一个喜剧理论的新困难。在某些情况下，场景的全部重点就在一个分裂的人物身上，而他的对手戏人物就像一个简单的棱镜，也就是说，通过这个对手戏人物，分裂人物的二重性得以体现。如果我们只在人物之间体现出的外部场景中寻找我们看到听到的内容所产生的效果的秘密，而不在这个场景折射出来的内部喜感中寻找，那我们就有误入歧途的风险。比如说，《厌世者》中奥隆特问阿尔塞斯特是不是觉得他写的诗特糟糕，阿尔塞斯特一再固执地回答："我没这么说！"这种重复是有喜感的，而这里，显然奥隆特没有和阿尔塞斯特玩我们刚才所说的游戏。但我们应该注意到，事实上，阿尔塞斯特身上也有两面性，一面是发誓对人直言不讳的"厌世者"，另一面是无法立刻将礼貌的形式弃置不顾的绅士，或者说他是个好人，在从理论到行动，要伤害一个人的自尊，造成痛苦的关键性时刻，会选择后退一步。所以，真正的戏并不是在阿尔塞斯特和奥隆特之间，而是在阿尔塞斯特和他自己之间。这两个阿尔塞斯特之间，一个阿尔塞斯特按捺不住想要和盘托出，而另一个则急忙在关键时刻捂住对方的嘴。每一句"我没这么说！"都代表着一种不断增长的努力来击退那积压膨胀到即将脱口而出的东西。每一句"我没这么说！"的声音变得越来越激烈，阿尔塞斯特也因此越来越愤怒——并不是冲着奥隆特（虽然奥隆特会觉得阿尔塞斯特是在冲他发火），而是冲着他自己。就这样，弹簧的张力不断自我增大，越来越强，直到最后一刻才放松下来。这种重复的机械装置也和前面所说的一样。

如果有个人下定决心，从此只说真心话，哪怕因此"和全世界作对"也在所不惜，这不一定好笑，这是真实的生活，而且是最好的生活方式。另一个男人，出于性格的软弱、自私或轻蔑，喜欢跟人讲些恭维话，这也是真实的生活，也没什么好笑的。哪怕我们把这两个人结合为一个，让你的人物徘徊于伤人的坦率和骗人的礼貌之间，这两种对立的情感之间的斗争也不好笑；如果两种情感竟能由其对立而结合起来一起发展，创造出一种复合的精神状态，最终采取一种能纯粹简单地为我们展现生活复杂面的妥协方式（modus vivendi），那这场斗争便显得严肃。但是假设在一个真实的人身上同时有这两种无法改变而又顽固僵硬的情感，使这个人在两种情感之间摇摆，最重要的是，通过采用一种常见的、简单的、幼稚的装置的已知形式，使这种振荡坦率地机械化：这一次，你将得到我们前面在可笑的物体上发现的形象——你将得到活的东西里面的机械的东西——你将得到喜剧。

关于弹簧魔鬼这第一个形象我们已经说得够多了，目的就是让大家理解——喜感怎样把一个物质的机械装置逐渐转化为一个精神的机械装置。我们马上就要来研究其他游戏，但是现在我们只先说个梗概。

（二）提线木偶。在无数喜剧场景中，人物以为自己是在自由地说话和行动，因此保持着生命的要素，但从某一角度看来，他却只不过是摆弄他的人的双手之间的一个玩具。从儿童操纵的木偶到由斯卡潘操纵的热隆特和阿尔冈特，其中的距离是容易逾越的。我们来听听斯卡潘自己说什么吧，"这部机器已经找到了"，然后又说"老天把他们都捉到我的网里来了"，等等。由于一种自然的本能，也由于人们宁可让人上当而不愿自己上当（至少在想象中是这样的），所以观众总是站在骗子那一边。观众既然和他站在一边，那么他就像个问同学借来玩偶的孩子一样，双手提着线，操纵着木偶，在台上来来回回地走动起来。然而最后这个条件也并非必不可少。只要我们清楚地保留机械装置给我们的感觉，我们就可以轻松地置身于正在发生的事情之外。当一个人物角色摇摆于两个相反的主意之间，这两个主意轮流着来拉拢他，例如：帕努尔吉向皮埃尔和保罗询问他是否应该结婚。值得注意的是，喜剧作家会小心地将对立的双方人格化。即使没有观众，也至少需要演员来操纵那些线。

生活中严肃的部分都来自我们的自由。我们酝酿成熟的情感，我们孕育起来的激情，我们深思熟虑后决定并执行的行动，总之一切来自我们、真正属于我们的东西，都给予生活时而戏剧性但大多数时候严肃的面貌。怎样才能把这一切转变成喜剧呢？那就必须设想，表面的自由底下隐藏着一套木偶游戏的细线，而我们都在线下面，就像诗人所说：

……一些卑微的木偶，线就提在宿命的手中。

所以幻想可以通过简单地令人想起木偶戏这个形象，把一切原本真实、严肃甚至是悲剧性的场面变成喜剧。没有什么比幻想更有用武之地的了。

（三）雪球。随着我们越发深入地研究喜剧手法，我们就能越好地理解童年回忆所起的作用。这种回忆与其说和这种或那种特殊游戏有关，不如说是针对该游戏应用的机械装置。这个普遍的装置可以被运用在各色游戏中，正如同样的歌剧曲调可以在许多幻想曲里出现。这里重要的是，精神所记住的，儿童游戏和成人游戏之间以不易察觉的渐进方式传递的，是组合的模式，或者说是这些游戏具体应用的抽象公式。比如，滚动的雪球在滚动过程中不断变大。我们也可以想到排列成一排的铅兵：如果推倒第一个，它会倒在第二个上，第二个又会倒在第三个上，情况会逐渐恶化，直到所有的铅兵都倒下为止。或者，这可以是一个费力搭建起来的纸牌城堡：第一张被碰动的纸牌犹豫着是否要倒下，它的邻居被摇晃后更快地决定倒下，破坏过程在进行中加速，迅速奔向最终的灾难。这些物品虽然非常不同，但它们可以说给我们提供了同样的抽象视野，即一个效应自我增强地传播，以至于最初微不足道的原因最终通过必要的进程产生了重要且意想不到的结果。现在打开一本儿童图画书，我们会看到这个装置已经走向了喜剧场景的形式。比如这里（我随意选了一套"埃皮纳勒系列"），一个急匆匆进入客厅的访客，他撞上一位女士，这位女士把茶杯里的茶泼到了一位老先生身上，老先生滑倒撞到了窗户，窗户掉到街上砸到一名警察的头上，警察立即动员了警力，等等。这个装置在许多成人图画中也有同样的表现。在漫画家绘制的"无声故事"中，通常会有一个移动的物体和与之相关的人物；然后，从一幕到另一幕，物体位置的变化机械地引发人物之间越来越严重的情境变化。现在让我们来看看喜剧。多少搞笑的场景，甚至多少喜剧都可以归结到这种简单的类型中！重读一下《诉讼人》中奇卡诺的故事：这是一场诉讼接着另一场诉讼，机械装置运转得越来越快（拉辛通过越来越紧凑的法律术语让我们感受到这种不断加速的感觉），直到为了争夺一捆干草的诉讼让诉讼人损失了大部分财产。同样的安排也出现在《堂吉诃德》的某些场景中，比如在旅店的那一幕，一个奇怪的连锁反应导致骡夫打了桑丘·潘萨，桑丘·潘萨打了马里托尔内，马里托尔内压倒了旅店老板，等等。最后我们来看当代的滑稽剧。有必要把这种组合出现的各种形式都列举一下吗？其中有一种经常使用的方式是让某个物质对象（例如一封信）对某些人物来说极其重要，并且必须不惜一切代价找到它。这个物质对象，当人们以为抓住它时却总是逃脱，然后在房间里滚动，沿途引发越来越严重、越来越意外的事件。这一切比最初想象的更像一个儿童游戏。这始终都是雪球效应。

机械组合的特性在于它通常是可逆的。孩子玩九柱戏游戏时，会乐此不疲地看着一个小球撞倒路径上的所有障碍物，造成一片混乱；但当小球经过各种曲折、迂回和各种犹犹豫豫，最终回到出发点时，他会笑得更开心。换句话说，我们刚才描述的那个机械过程直线进行时已经很有喜感了；而当它变成圆形，也就是说，当人物的努力通过一系列必然的因果关系最终将他带回原地时，则更具喜感。而事实上，很多滑稽剧都围绕着这一思想展开。一顶意大利草帽被一匹马吃掉了，整个巴黎只有一顶类似的帽子，无论如何必须找到它。这顶帽子在将要被抓住时总是向后退，主角为此奔波，他带动其他人也跟着奔波，就像磁铁通过近距离吸引依次带动一系列悬挂的铁屑。而当最终通过一连串的事件似乎要达到目的时，那顶梦寐以求的帽子竟然是已经被吃掉的那一顶。类似的情节在另一部同样著名的拉比什的喜剧中也有。首先，我们看到一位老绅士和一位老小姐每天都一起打牌，他们是老相识了。他们分别向同一家婚介所提交了请求。经过千辛万苦，经历了种种不幸，他们在剧中一路并肩奔跑，而最终的相亲见面终于将他们凑到了一块。在一部最近的戏剧中，我们也看到同样的循环效果，同样地回到起点。一个被妻子和丈母娘折磨的丈夫，以为通过离婚就能逃脱她们。他再婚了，而这场离婚和再婚的操作又让他落到了他前妻手里，更糟糕的是，这次前妻成了他的新丈母娘。想到这种喜剧的强度和频率，我们就能理解它为什么会引起某些哲学家的注意。做很多努力却在不知不觉中回到起点，可谓竹篮打水一场空。有人可能会试图以这种方式来定义喜剧。赫伯特·斯宾塞似乎持这种观点：笑是"努力突然扑了个空"的标志。康德早就说过："笑来自一种突然幻作虚无的期望。"我们承认这些定义适用于我们刚才的例子，但仍需对这一公式做出一定的限制，因为有许多无用的努力并不会引人发笑。但是，如果我们的最后几个例子展示了一个大因导致小果，那么我们之前引用的其他例子应该以相反的方式定义：小因导致大果。事实上，这第二种定义并不比第一种更有价值。因果之间的不成比例，无论是正向还是反向，都不是笑的直接来源。我们笑的是这种不成比例在某些情况下所显露出的特殊机械安排。我指的是，这种机械安排在一系列因果关系的背后透过现象显现出来。如果忽略这种安排，你就放弃了唯一能引导你穿越喜剧迷宫的线索，你所遵循的规则或许适用于一些精心挑选的例子，却会在遇到第一个意外时被彻底否定。

但是，我们为什么会对这种机械安排发笑呢？当一个人的故事或一个群体的故事在某个特定时刻显得像齿轮、弹簧或绳索来运作时，这确实很奇怪，但这种奇怪的特点从何而来？为什么这会可笑呢？对于这个已经以多种形式向我们提出过的问题，我们始终给出同样的答案。我们偶尔在生动的事情中捕捉到的那种僵硬的机械性，就像是入侵者，对我们来说有一种特别的吸引力，因为它就像是对生活的一种干扰（distraction）。如果事件能够始终关注它们自己的进程，就不会有巧合、碰撞或循环的系列；一切都会向前展开并不断进步。如果人们能够始终关注生活，如果我们能够不断与他人以及自己重新联系起来，那么在我们身上就不会出现任何像弹簧或绳索那样的东西。喜感就是人们某些和物体相似的部分，是人的行为以其特殊的僵硬性模仿简单而纯粹的机械活动、模仿自动机械动作、模仿无生命的运动的那一方面。所以它表达了一种需要立即纠正的个人或集体的缺陷。笑本身就是这种纠正。笑是一种特定的社会行为，它强调并抑制了人和事件中某种特殊的干扰现象。

但是，这本身就促使我们进一步探究，以便达到更高的层次。到目前为止，我们一直在人的游戏中发现某些让孩子们开心的机械组合。这是一种经验主义的方法。现在是时候尝试一个系统而完整的推导，从它们的永久和简单的原则中，探寻喜剧的多样化和可变的手法。我们之前说过，这种戏剧将事件组合在一起，以便在生活的外部形式中暗示一种机械性。那么，让我们确定生活的外在特征，这些特征使其与单纯的机械性截然不同。然后，我们只需将这些特征反过来，就能得到真实的或可能的喜剧手法的一般而完整的抽象公式。

生活在我们面前展现为一种时间上的演变和空间上的复杂性。从时间上看，生活是一个不断衰老的生命的持续进步，也就是说，它从不倒退，也不重复。从空间上看，生活展现在我们眼前的是如此紧密相关、如此专为彼此而设的共存元素，以至于没有一个元素能同时属于两个不同的有机体：每个生物都是一个封闭的现象系统，无法与其他系统相干涉。外观的持续变化、现象的不可逆性、被封闭在自身之内的系列的完美个体性，这些（无论是真实的还是表象的）都是将生物与单纯机械区分开的外在特征。让我们反其道而行之：我们将得到三种手法，可以称之为重复、反转和系列干扰。显然，这些手法正是滑稽剧所用的手法，除此之外再无其他手法。

我们首先会在刚刚回顾过的场景中发现这些手法，它们以不同的程度混合在一起，更不用说在再现其机制的儿童游戏中。我们不会详细分析这些，更有用的是通过新的例子研究这些手法的纯粹形式。而且没有比这更简单的了，因为这些手法经常以纯粹的形式出现在经典喜剧和当代戏剧中。

（一）重复。这不再像刚才那样是某个角色重复的一个词或一句话，而是一个情境，即一组环境的组合，多次以相同的方式出现，从而与生活的不断变化形成对比。现实经验已经向我们展示了这种类型的喜剧，但只是在初级阶段。例如，有一天我在街上遇到一位很久没见的朋友，这种情况并不可笑。但是，如果同一天我再次遇到他，然后第三次、第四次遇到，我们最终会因为这种"巧合"而一起发笑。现在，请你设想一系列虚构的事件，它们足以让你产生生活的错觉，并假设在这进展中的一系列事件中，有一个相同的场景重复出现，不管是在相同的角色之间，还是在不同的角色之间：这仍然是一个巧合，但更为奇特。这就是戏剧中向我们展示的重复。重复的场景越复杂，且安排得越自然，它就越具有喜感——这两个条件似乎互相排斥，但这是戏剧作家的巧妙之处，必须将其调和。

当代的滑稽剧在各种形式下使用这一手法。其中最著名的一种方式是让一组人物从一幕到另一幕，在各种不同的环境中游走，并总是为他们安排同样的一连串互相对应的事件或不幸。

莫里哀的几部作品向我们展示了从头到尾重复的一连串组合事件。例如，《妇人学堂》只是不断地重复和再现一个三部曲的特定效果：第一步，奥拉斯向阿诺尔夫讲述他是如何设法欺骗阿涅丝的监护人，而这个监护人正是阿诺尔夫自己；第二步，阿诺尔夫认为自己已经防范了这一招；第三步，阿涅丝想办法使阿诺尔夫的防范措施反而对奥拉斯有利。《丈夫学堂》《冒失鬼》尤其是《乔治·唐丹》中都有类似的周期性重复效果。在《乔治·唐丹》中，第一步，乔治·唐丹发现他的妻子欺骗了他；第二步，他求助于岳父母；第三步，结果还是乔治·唐丹不得不道歉。

Il est aisé de voir que si la transposition du solennel en trivial, du meilleur en pire, est comique, la transposition inverse peut l'être encore davantage.

将庄重的东西
转换为琐碎的,

将最好的
转换为最坏的,

便会引发笑。

有时，相同的场景会在不同的角色组之间重复出现。第一组是主人，第二组是仆人，这样的情况并不少见。仆人们会用另一种语气，转换为不那么高雅的风格，重复主人已经上演的场景。《爱的争执》中的一部分，还有《安菲特律翁》都是以这种方式构建的。在贝内迪克斯（Benedix）的一出有趣的小喜剧《倔强》中，顺序则是反过来的：仆人们先创造了一个充满了执拗的场景，而主人重复了这个场景。

但是，无论在哪些角色之间安排对称的情境，经典喜剧与当代戏剧之间似乎存在深刻的差异。将某种数学秩序引入事件中，同时又保持逼真的外貌，即生活的外观，这始终是目标，但所采用的手段不同。在大多数滑稽剧中，作者直接作用于观众的心智。事实上，无论巧合多么奇特，只要它被接受，就会变得可以接受，而我们会接受它，只要我们被逐步地引导去接受它。这是当代作者常用的方法。相反，在莫里哀的戏剧中，使得重复显得自然的是对角色的安排，而不是观众的心理准备。每个角色代表某种朝特定方向作用的力量，正是因为这些力量方向恒定，它们必然以同样的方式组合在一起，从而导致相同的情境重复出现。因此，如此理解的情境喜剧接近于性格喜剧。如果说经典艺术就是那种不试图取得比放入原因中的效果更多的效果的艺术，那么这种喜剧就应当被称为经典。

（二）反转。这个手法与第一种有很多相似之处，因此我们只需定义它，而不必过多讨论其应用。设想某些角色处于某种情境中：通过使情境反转并互换角色，你就能获得一个喜剧场景。这类情境包括《佩里雄先生的旅行》中的双重营救场景。但是，甚至不需要在我们面前上演两场对称的场景，只需展示其中一场，并确保我们会想到另一场。例如，我们会对被告对法官说教、孩子试图给父母上课，以及其他归属于"倒置的世界"的情况感到好笑。

我们常常会看到一个角色准备陷阱，而他自己最终被困在其中。迫害者自作自受，骗子反被人骗的故事构成了许多喜剧的基础。这类故事早在古老的笑剧中就已存在。律师帕特兰向他的客户指示一个欺骗法官的诡计，而客户利用这个诡计不付律师费。一位暴躁的妻子要求丈夫做所有的家务，并将这些工作的细节记录在一张"清单"上。当她掉进一个大桶里时，丈夫拒绝将她拉出来，因为"这不在清单上"。现代文学对"小偷被偷"的主题进行了许多变奏。本质上，这始终是角色的互换，以及情境反过来困住其创造者。

在这里，我们可以验证一条我们已经指出多次应用的规律。当一个喜剧场景被多次重现时，它会变成一种类别或模型。它自身变得有趣，而不再依赖于最初让我们感到有趣的原因。因此，一些新的场景，尽管本身并不具有喜剧性，如果在某些方面与那个模型相似，实际上也会让我们觉得有趣。这些场景会在我们的脑海中模糊地唤起一个我们知道是搞笑的形象，并归入一个正式承认的喜剧类型中。"小偷被偷"的场景就属于这种类型。它的喜剧性会影响许多其他场景。它最终会使所有因自身过失而招致的不幸变得具有喜感，无论是什么过失，无论是什么不幸——更确切地说，甚至是对这种不幸的暗示，或一个让人联想到它的词语。"这是你自找的，乔治·唐丹"，这句话本身并不好笑，但因其引发的喜剧共鸣而变得有趣。

（三）我们已经谈了很多关于重复和反转的话题。现在我们进入系列干扰的讨论。

这是一种很难归纳公式的喜剧效果，因为它在戏剧中呈现出的形式多种多样。也许可以这样定义：当一个情境同时属于两个系列的完全独立的事件，并且可以同时以两种截然不同的方式进行解释时，这个情境总是带有喜感的。

人们会立即想到误会（quiproquo）。的确，误会是一种情境，它同时呈现出两种不同的含义：一种是演员赋予它的可能性含义，另一种是观众赋予它的真实含义。我们能理解情境的真实含义，因为我们看到了它的所有方面；但是演员们只了解其中的一部分：

因此他们误解了，由此对他们周围的行为以及他们自己的行为做出了错误的判断。我们从错误的判断转向正确的判断；我们在可能的含义和真实的含义之间摇摆；而这种我们在两种对立的解释之间的摇摆，首先出现在误会给我们带来的娱乐中。可以理解的是，某些哲学家特别注意到这种摇摆，有些人甚至认为喜感的本质就在于两个相互矛盾的判断之间的冲突或重叠。但是他们的定义远不能适用于所有情况；即便适用，也只是定义了喜剧的某种或远或近的后果，而不是喜剧的本质。事实上，很容易看出，戏剧中的误会只是一个更普遍现象——独立系列之间相互的干扰——的特例，而且，误会本身并不可笑，只是作为系列之间互相干扰的标志才显得可笑。

在误会的情境中，其实每个角色都处于一系列与自己相关的事件中，对这些事件有着准确的理解，并根据这些事件来调节自己的言行。每个角色所涉及的事件系列是独立发展的，但它们又在某个时刻相遇了，条件是其中一系列中的言行也适用于另一系列。

由此人物们产生了误解，从而引发了歧义；但这种歧义本身并不可笑，它之所以可笑，是因为它显现了两个独立系列之间的巧合。这一点的证明在于，作者必须不断设法将我们的注意力拉回到这一双重事实，即独立性和巧合性。通常，作者通过不断制造两个互为巧合的系列之间的虚假威胁来实现这一点。就在我们觉得一切都将分崩离析之际，一切又在最后时刻和解：正是这种戏剧性的反复过程使我们发笑，而不仅仅是我们在两种对立判断之间的摇摆。它使我们发笑的原因在于，它明确地展示了两个独立系列的相互干扰，这是喜剧效果的真正源泉。

所以，误会只能是一种特例。这是使系列干扰变得显而易见的方法之一（也许是最人为的方法），但这并不是唯一的方法。除同时发生的两个系列事件外，还可以采用一系列过去的事件和另一系列现在的事件：如果这两个系列在我们的想象中相互干扰，就不会有误会，但同样的喜剧效果仍会产生。想想波尼瓦尔在希永城堡的囚禁：这是第一个系列事实。然后再想象塔尔塔兰在瑞士旅行,被捕入狱:这是第二系列,与第一系列无关。如果让塔尔塔兰被拴在波尼瓦尔的同一条链子上,使得这两段历史看起来一时间重合起来,你就会得到一个非常有趣的场景,这是大仲马描绘得最有趣的情景之一。许多英雄喜剧类型的事件都可以这样分解。把旧事物转化为现代的,这通常是具有喜感的,其灵感来源于同一个想法。

拉比什在各种形式中都使用了这个手法。有时他会先构建独立的系列,然后再让它们相互干扰:他会选取一个封闭的群体,例如一个婚礼,然后让他们进入完全陌生的环境,通过某些巧合,使得这个群体暂时融入其中。有时他会在整个剧本中保留同一个人物体系,但会让其中的一些人物有事要隐瞒,需要相互配合,在大的喜剧中演一出小喜剧:每时每刻,两出喜剧中的一出都会干扰另一出,然后事情得以解决,两个系列之间的巧合重新建立。最后,有时他会在现实系列中插入一个完全理想化的系列,例如一个想要隐藏的过去,不断地闯入现在,但每次都能与似乎要破坏的情境调和。但无论哪种情况，我们总能看到两个独立的系列，总能看到部分的巧合。

我们不会进一步深入分析滑稽戏的手法。无论是系列的干扰、反转还是重复，我们可以看到，目标始终是一样的：实现我们所说的生活的机械化。我们会拿一个行为和关系的系统，并将其原样重复，或反转过来，或整体搬到另一个系统中，与之部分重合——所有这些操作都在于将生活视为一个具有重复效应、可逆效果或可互换部件的机制。现实生活在某种程度上是滑稽戏，因为它自然地产生类似的效果，因此在某种程度上它忘记了自身，因为如果它时刻注意，它将是多样化的连续性、不可逆转的进步、不可分割的统一。这就是为什么事件的喜感可以定义为事物的心不在焉，就像我们之前暗示的那样，我们稍后将详细展示，个体特征的喜感总是源于个人的根本性质的心不在焉。然而，这种事件的心不在焉是种例外，其效果是轻微的。无论如何，这种心不在焉是无法纠正的，所以即使嘲笑它也无济于事。如果笑不是一种愉悦，如果人类不是抓住任何机会去制造笑的话，人们原是不会想到要去夸大事件的心不在焉，把它建成一个体系，为它开创一门艺术的。因此，这解释了滑稽戏，它相对于现实生活就像一个有线的木偶相对于一个行走的人，是对某种自然状态的一种僵硬且非常人为的夸张。它与现实生活的联系非常脆弱。它几乎只是一个游戏，像所有游戏一样，首先需要接受一种约定。性格喜剧在生活中根扎得更加深厚。这将是我们在研究的最后部分主要关注的内容。但首先，我们必须分析一种在许多方面与滑稽戏相似的喜剧类型，即语言的喜感。

| 二 |

或许将语言的喜感单独划分为一个特殊类别有些人为，因为我们迄今为止研究的大多数喜感都是通过语言产生的。但我们必须区分语言表达的喜感和语言创造的喜感。前者在理论上可以从一种语言翻译成另

一种语言，尽管在不同的社会环境中会失去大部分的表现力，这些社会在风俗、文学，尤其是在思想联想方面不同；但后者通常是无法翻译的。它之所以具有喜感，归功于句子的结构或词语的选择。它不是借助语言来描述某些人或事件的特定分心，而是强调语言本身的分心。在这里，语言本身成为喜剧。

确实，句子不会自己形成，如果我们因它们而笑，我们也可能会借此机会笑一笑它们的作者。但这后一种情况并非必不可少。句子或词语在这里具有独立的滑稽力量。证据是，在大多数情况下，我们很难说清我们在笑谁，尽管我们有时隐约感觉到其中有什么人为因素。

此外，涉及的人并不总是说话的人。在这里我们需要做一个重要的区分，即机智和喜感之间的区别。或许我们可以认为，当一个词让我们笑那个说话的人时，它是具有喜感的；而当它让我们笑第三方或我们自己时，它便是机智的。但是，大多数情况下，我们无法判断这个词是具有喜感还是机智的。它只是好像而已。

也许在继续讨论之前，我们还需要更仔细地审视一下什么是机智。因为一个机智的词至少会让我们微笑，所以对笑的研究如果不深入探讨机智的本质、不澄清它的概念，就不完整。但我担心这种非常微妙的精髓一暴露到阳光下就可能会分崩离析。

我们首先要区分两个意义上的机智，一种意义较广，另一种意义较窄。在最广义上，机智似乎是一种戏剧性的思维方式，其将思想作为无关紧要的符号来处理，机智的人会看见它们、听见它们，尤其是让它们像人物一样对话。他把它们放在舞台上，而他自己也多少被放在了舞台上。一个机智的民族也是一个热爱戏剧的民族。机智的人身上有一些诗人的特质，就像一个好的朗读者身上有一部分演员的特质。我故意来进行这种比较，因为很容易在这四个术语之间建立一个比例关系：要朗读得好，只需要掌握演员艺术的智力部分；但要演得好，则需要全身心投入。因此，诗意的创造需要一定的自我忘却，而这通常是机智的人所不能及的。他多多少少通过自己所说和所做的隐约显现自己。他并不完全沉浸其中，因为他只投入了他的智力。

因此，每一个诗人只要愿意，都能表现出机智的一面。他不需要为此获得什么，倒不如说他需要放弃一些东西。他只需让他的思想"不为别的，只为乐趣"彼此对话即可。他只需松开那双重的束缚——一方面是思想与情感的接触，另一方面是灵魂与生活的接触。总之，如果他不再想通过心灵来做诗人，而只是通过智慧来做诗人，那么他就会变成一个机智的人。

但是，如果说机智通常是从戏剧的角度来看待事物，那么它可能特别倾向于某种戏剧艺术，即喜剧。因此，这个词有一个更狭义的定义，这也是我们在讨论笑的理论时唯一所关心的。我们将机智定义为一种在不经意间勾画出喜剧场景的能力，而且这些场景勾画得如此隐晦、如此轻巧、如此迅速，以至于我们刚开始意识到时，一切已经结束了。

幽默与讽刺相反,讽刺本质上是雄辩的,而幽默则更具科学性。

l'ironie est de nature oratoire, tandis que l'humour a quelque chose de plus scientifique.

这些场景的演员是谁？机智的人面对的是谁？首先是他的对话者——当某个话语直接回应其中一个对话者时。可他往往是和某个缺席的人对话，他假设那个人说了什么，然后回应。更常见的是，他面对的是所有人，也就是说，他是在和常识打交道，他会把一个流行的想法转化为悖论，或使用口头禅，以搞笑的方式来模仿一个引用或谚语。比较这些小场景，你会发现它们通常是我们熟悉的喜剧主题的变体，即"小偷被偷"的主题。我们捕捉一个隐喻、一句话、一个推理，并将其反过来用在说话者或可能说这话的人身上，使得说话者说出了他本不想说的话，从而在语言的陷阱中自食其果。但"小偷被偷"并不是唯一可能的主题。我们已经回顾了许多种类的喜剧，每一种喜剧元素都可以在机智的词句中被放大。

因此，机智的话语是适合进行一种我们现在可以称之为药剂学的分析的。这个公式如下：拿一个词语，首先把它厚实地表现为一个场景，然后寻找该场景所归属的喜剧类别，这样你就可以把机智的话简化为最简单的元素,并且得到完整的解释。

让我们将这一方法应用于一个经典例子。17世纪法国作家赛维尼夫人(Mme de Sévigné)写信给她生病的女儿时写道:"我替你的胸口感到疼痛。"("J'ai mal à votre poitrine.")这就是一个机智的句子。如果我们的理论是正确的,我们只需强调这个词语,放大和加厚它,就能看到它展开成一个喜剧场景。我们恰好在莫里哀的《医生之恋》中找到了这个小场景。假医生克里坦德雷被叫来给斯卡纳瑞尔的女儿看病,他只是给斯卡纳瑞尔本人把了脉,然后毫不犹豫地根据父女之间应该存在的共鸣得出结论:"您的女儿病得很重!"这就是从机智到喜剧的转变。为了完成我们的分析,我们只需寻找在给孩子做诊断时通过检查父母所带来的喜剧元素。我们知道,喜剧的幻想的一个基本形式是把活生生的人描绘成一种有连杆的木偶,常常为了促使我们形成这种形象,会展示两个人或多个人的说话和行动,好像他们之间通过看不见的线连接在一起。在这里,不正是这种意图吗?通过几乎具体化我们在父女之间建立的共鸣感,暗示给我们的不正是这样一个概念吗?

因此,我们可以理解,为什么那些讨论机智的作者们往往只能记录这个术语所指事物的极度复杂性,而通常无法成功地对其进行定义。机智的表现方式有很多,几乎与不机智的方式一样多。如果不首先确定机智与喜感之间的一般关系,我们要如何看清它们之间的共同点呢?然而,一旦我们弄清了这种关系,一切都会变得清晰起来。我们会发现,机智与喜感之间的关系,就如同一个完整的场景和一个稍纵即逝的待完成场景之间的关系一样。喜感能有多少种形式,机智就会有相应的变种。因此,首先需要定义喜感的各种形式,并找到从一种形式到另一种形式的线索(这本身已经相当困难)。这样一来,我们就能分析出机智,机智将显现为挥发的喜感。而相反地,直接寻找机智的定义,必然会失败。就好比化学家明明在实验室中拥有各种物质,却只打算通过在空气中的微量存在来研究它们,我们又会做何评价呢?

但这种机智与喜感的比较同时向我们表明了研究文字喜感应遵循的程序。一方面，我们看到具有喜感的词语和机智的词语之间没有本质的区别；另一方面，机智的词语虽然依赖于一种语言修辞，却会唤起一种模糊或清晰的具有喜感的场景形象。这意味着，语言的喜感必须与行为和情境的喜感一一对应，可以说是行为和情境的喜感在词语层面的投影。让我们回到行为和情境的喜感，考虑获得喜感效果的主要手法。将这些手法应用于词语选择和句子结构，我们就能获得词语喜感的各种形式和可能的机智的变种。

（一）放任自己，由于僵硬或惯性的力量，说出自己并不想说的话或做出自己并不想做的事——我们知道，这是喜感的主要来源之一。这就是为什么心不在焉本质上是可笑的原因。这也是为什么人们会嘲笑动作、姿态甚至面部表情中的僵硬和机械化的表现。那么，这种僵硬在语言中是否也存在呢？毫无疑问是存在的，因为语言中也有现成的表达和刻板的句子。一个总是以这种方式表达自己的人将会显得富有喜感。但是，为了使一个单独的句子本身显得富有喜感，并与说话者脱离关联，仅仅是一个现成的句子还不够，它还必须包含一个标志，使我们毫不犹豫地认出它是机械地被说出来的。这通常只能在句子包含明显的荒谬、严重的错误或词语中的矛盾时才会发生。因此，有一条普遍规则：通过在现成的句式中插入荒谬的想法，可以获得一个搞笑的表达。

"这把剑是我生命中最美好的一天。"蒲鲁东[11]先生说。把这句话翻译成英语或德语，它只会显得荒谬，而在法语中却是搞笑的。这是因为"我生命中最美好的一天"是一个我们耳熟能详的现成句尾。因此，为了使它富有喜感，只需要强调说话者的机械性就可以了。我们通过在其中插入一个荒谬的内容来实现这一点。这里的荒谬并不是喜感的来源，而只是揭示喜感的一个简单而有效的手段。

我们只引用了蒲鲁东先生的一句话，但他的大多数话都是按照相同的模式构造的。蒲鲁东先生是现成句子的代表人物。由于所有语言中都有现成的句子，蒲鲁东先生的幽默通常是可以转化的，尽管不容易翻译。

有时，遮掩荒谬的平凡句子可能不那么容易被察觉。例如，一个懒人说："我不喜欢在两餐之间工作。"如果没有那个健康原则"不要在两餐之间吃东西"，这句话就不会有趣。有时，效果会更加复杂。句子不是只有一个现成的模子，而是两个或三个嵌套在一起。例如，拉比什的一个角色说："只有上帝才有权杀死同类。"这里似乎利用了我们熟悉的两个命题："上帝掌管人类的生命"和"一个人杀死同类是犯罪"。但这两个命题的结合方式误导了我们的耳朵，给我们一种机械重复和接受的印象。因此，我们昏昏欲睡的注意力，立刻被这个句子的荒谬性给唤醒了。这些例子足以让人理解喜感的一个重要形式如何在语言层面上得以投射和简化。让我们转向一个更少见的形式。

（二）"每当我们应该关注人的精神的时候却关注了人的肉体，这都令人发笑。"这是我们本书第一章中得出的一条规律。现在让我们把这条规律运用到语言上来。我们可以说，大部分的词都有一个物质上的意义和一个精神上的意义，取决于它们是被按字面意思还是比喻性意义使用。确实，每个词最初都是用来指代一个具体的物体或物质行为；但渐渐地，这个词的含义被精神化为一种抽象的关系或纯粹的理念。因此，如果我们的规律在这里仍然适用，它应该采取这样的形式：当我们假装以字面意思理解某个表达，而实际上它是被比喻使用时，就会产生喜剧效果。或者说，一旦我们的注意力集中在隐喻的具体性上，所表达的思想就变得可笑。

"所有的艺术都是兄弟。"在这句话中，"兄弟"一词被用作比喻，表示一种或多或少的相似性。由于这个词经常这样使用，我们在听到它时就不再想到关联性所隐含的具体和物质意义。如果有人说"所有的艺术都是表亲"，我们可能会更多地往这方面考虑，因为"表亲"一词较少用于比喻。因此,这个词在这里会带有一丝轻微的喜剧色彩。让我们把这个思路推到极端,假设我们选择这样一种关联性,这种连接的术语的性质并不兼容,那么我们的注意力就突然被吸引到这个形象的具象方面去,于是就会得到一个好笑的效果。这正是蒲鲁东先生的那个名句:"所有的艺术都是姐妹。"[12]

"他在追求智慧",有人在布夫莱(Boufflers)[13]面前这样评价一个自命不凡的人物。如果布夫莱回答说"他追不上",这就只是个机智言辞的开始,因为"追上"这个词几乎和"追求"一样经常被用作比喻,并没有强烈地让我们联想到两个竞跑者彼此追赶的具体形象。如果你想让我觉得这回答非常机智,你必须从体育词汇中借用一个既具体又生动的词语,以至于我真的无法避免去想象那场比赛。这正是布夫莱所回答的:"我赌智慧赢。"

我们说过,机智常常在于将对话者的观点延续到与他本意恰恰相反的境地,并使他掉入自己的言辞陷阱中。现在再补充一点,这个陷阱往往也是一个比喻或比较,通过反转其物质性来达到效果。戏剧《伪君子》中有一段对话:一位母亲对她的儿子说:"亲爱的,股市是一场危险的游戏。头一天你赢了,第二天就可能输了。""那么,我就每两天玩一次。"在同一部戏中,两位金融家有一段发人深省的对话:"我们这样做真的合法吗?毕竟,这些可怜的股东们,我们是从他们的口袋里拿钱的……""那你还想从哪里拿呢?"

这样,当我们在字面上发展一个象征或徽章,并且假装在这个发展过程中保留与徽章相同的象征价值时,就会产生一种有趣的效果。在一部非常欢快的滑稽剧中,有一个摩纳哥的官员,他的制服上挂满了勋章,尽管他实际上只获得了一枚勋章:"这是因为,"他说,"我把我的勋章放在了轮盘的一个号码上,当那个号码出来时,我就获得了三十六倍的奖励。"吉博耶在《无耻之徒》中的推理不是类似的吗?有人谈到一位四十岁的新娘在婚礼礼服上戴着橙花时,吉博耶说："她应该有权得到几个橙子。"

但是，如果我们要一一验证我们所提出的各种法则，并在我们称之为语言层面上找到验证，我们将无法结束。我们最好坚持我们在上一章中提出的三条一般性命题。我们已经表明，"一系列事件"可以通过重复、反转或系列干扰变得具有喜感。我们将看到，在词语的系列方面，也是如此。

我们说，用新的语气或新的环境重复一系列事件，或者反转它们但仍然保留意义，或者以某种方式混合它们，使它们各自的意义相互干扰，这是具有喜感的，因为这意味着让生命允许自己被机械地对待。但思想本身也是有生命的东西。语言，作为思想的表达，也应该像思想一样充满生命力。因此，可以想象，一个句子如果在反转时仍然有意义，或者如果它能表达完全独立的两套思想，或者最后如果我们通过将一个思想转换成不属于它的语气而获得它，就会变得可笑。这实际上是所谓命题的喜感转变的三条基本法则，正如我们将在一些例子中展示的那样。

首先，我们要说的是，这三条法则在喜剧理论中的重要性远不相同。反转是最不有趣的方法，但它应用起来应该是很容易的，因为我们发现，职业的诡辩家一听到某个句子，就会试图看看是否可以通过反转它来得到另一种意义，例如把主语和宾语的位置对调。用这种方法来以或多或少具有幽默色彩的语词反驳某个想法并不罕见。在拉比什的一部喜剧中，有一个角色对楼上的租户大喊，指责他弄脏了自己的阳台："你为什么把烟灰缸扔到我的阳台上？"而租户则回答道："你为什么把你的阳台放在我的烟灰缸下？"但是，这种机智方式不值得过多强调，因为这样的例子实在数不胜数。

其次，在同一句话中干扰两个不同的思想系统是产生愉悦效果的不竭源泉。这里有许多方法可以实现这种干扰，也就是说，赋予同一句话两个独立的、重叠的含义。其中最不值得称道的方法是双关语。在双关语中，虽然看似是同一句话呈现了两个独立的含义，但这只是表面现象，实际上是由不同的词组成的两句话，我们故意混淆它们，因为它们在听觉上发出相同的声音。事实上，从双关语开始，通过细微的渐变，我们可以进入真正的文字游戏。在这里，两个思想系统确实在同一句话中重叠，我们使用的是相同的词，只是利用了词义的多样性，特别是在从字面意义到比喻意义的转换过程中。因此，文字游戏与诗意的隐喻或启发性的比较之间，往往只存在细微的差别。当启发性的比较和令人印象深刻的形象表现出语言和自然之间的深刻契合，将它们视为生活的两种平行形式时，文字游戏则让我们觉得语言在短暂忘记其真正目的的瞬间，不愿适应事物，而要事物来适应它自己。文字游戏因此暴露了语言的短暂分心，而这恰恰是它有趣的地方。

最后，反转和干扰只是一些导致文字游戏的智慧游戏，而更深层次的幽默在于换位（transposition）。对日常语言而言，换位就像重复对于喜剧一样重要。

我们说重复是古典喜剧中最经典的手法。它的原理是通过安排事件，使得某个场景在不同情况下重新上演，或者由不同角色在相似的情境中再现。例如，一个已经由主人公演过的场景，可能会被仆人以更通俗的语言再次演绎。假设现在有一些想法用适合它们的风格表达，并且在它们的自然环境中进行展示。如果你能够设计出一种机制，使得这些想法在保持它们之间关系的同时转移到新的环境中，或者换句话说，让它们在完全不同的风格中表达，并且以完全不同的语调呈现出来，那么语言本身就会产生喜剧效果。在这种情况下，无须实际展示同一想法的两种表达方式，即换位后的表达和自然的表达。事实上，我们知道自然的表达方式，因为它是我们本能地发现的表达方式。因此喜剧的创造性努力将集中且仅集中在另一种表达上。一旦呈现出第二种表达形式，我们就会自行补充第一种表达形式。因此，有一条普遍的规则：*通过将一种想法的自然表达转换为另一种语调，便可以产生喜剧效果。*

这种换位手法是如此多样化，语言在这一过程中展现出如此丰富的语调变化，喜剧效果的层次从最粗俗的滑稽戏到最深刻的幽默与讽刺都有可能出现，因此我们放弃了对所有可能性进行详尽列举的打算。在制定了规则之后，我们只要不时地验证其主要应用就足够了。我们可以首先区分两种极端的语调，即庄重的和通俗的。通过将这两者互换，可以产生最为明显的喜剧效果。因此，喜剧幻想有两种相反的方向。

如果将庄重的内容转换为通俗的表达方式呢？那就会产生滑稽模仿的效果。而这种滑稽模仿的效果还可以延伸到那些本应以另一种语调表达的思想，这些思想本应至少出于习惯而采用另一种语调。比如，德国浪漫主义作家让·保罗·里希特（Jean Paul Richter）引用的关于黎明的描述："天空从黑色变为红色，就像煮熟的龙虾。"我们可以注意到，用现代生活的词汇来表达古代事物也会产生同样的效果，因为古代的经典本就被赋予了一种诗意的光环。

毫无疑问，是滑稽模仿的喜剧效果启发了一些哲学家，尤其是亚历山大·贝恩（Alexandre Bain）。他们提出了用"贬低（dégradation）"来定义喜剧的一般概念。"当我们看到曾经受人尊敬的事物被展示为平庸和低贱时",笑就会产生。然而,如果我们的分析是正确的,那贬低就只是换位的一种形式,而换位本身只是引发笑的多种手段之一,除此之外还有许多其他手段,因此笑的根源应该在更高的层面上寻找。此外,甚至不必走得那么远,我们也可以轻易看出,如果将庄重的东西转换为琐碎,将最好的转换为最坏的,便会引发笑,那么相反的换位可能更加有趣。

这种相反的换位同样常见,而且似乎可以将其区分为两种主要形式,取决于它是针对对象的大小还是其价值。

一般来说,把小事说得像大事一样,是夸大其词。当夸张被延长时,特别是当它是系统性的时,它是具有喜感的:事实上,此时它表现为一个换位的过程。它使人开怀大笑,以至于一些作者能够用夸张来定义喜剧,就像其他人用贬低来定义喜剧一样。事实上,夸张就像贬低一样,只是某种喜剧的某种形式。但这是一种非常引人注目的形式。它催生了英雄喜剧诗，毫无疑问，这是一种有些过时的体裁，但我们在所有倾向于有条不紊地夸大其词的人中发现了它的遗迹。我们常常可以说，吹嘘正是通过其英雄喜剧的一面让我们发笑。

更人为但也更精致的是从下到上的换位，它适用于事物的价值，而不是它们的大小。诚实地表达一个不诚实的想法，采取一种恶劣的情况，或者一种卑鄙的职业，或者卑鄙的行为，并用严格的体面（respectability）的词汇来描述它们，通常是具有喜感的。我们刚才用了一个英文单词：因为这个手法本身，就是非常英式的。我们可以在英国作家狄更斯、萨克雷以及整体的英国文学中找到无数的例子。顺便指出：这里效果的强度并不取决于其长度。有时一个词就足够了，只要这个词能让我们一睹在特定环境中接受的整个换位系统，并且它以某种方式向我们揭示了不道德的道德组织。在果戈理的一部戏剧中，一位高级公务员对他的一名下属说过这样的话："对你这个级别的公务员来说，你偷的东西太多了。"

总结以上内容，我们会说，首先存在两个极端的比较项，非常大的和非常小的，最好的和最差的，它们之间可以在一个方向或另一个方向上进行换位。现在，通过逐渐缩小间隔，我们会得到对比越来越不强烈、喜剧换位效果越来越微妙的术语。

这些对立中最普遍的也许是现实与理想、现状与"应该是"之间的对立。这里再次可以在两个相反的方向上进行换位。有时我们会在陈述应该发生的事情的同时假装相信这正是事实：这就是讽刺。有时相反，我们会细致入微地描述事实，假装相信事情确实应该如此：这就是幽默经常发生的方式。由此定义，幽默与讽刺相反。它们都是讽刺的形式，但讽刺本质上是雄辩的，而幽默则更具科学性。我们让自己被"本该如此"的美好理念越抬越高，从而加剧了这种讽刺意味：这就是为什么反讽可以在内部升温，直到在某种程度上成为压力下的雄辩。相反，我们通过越来越深地探入恶的内部来强调幽默，也就是说，以更为冷静的无动于衷来注意到它的特殊性。让-保罗

（Jean-Paul）等几位作家注意到幽默钟爱具体的术语、技术细节和精确事实。如果我们的分析是正确的，那么这并不是幽默的偶然特征，而是它的本质。这里的幽默家是一位道德家，他把自己伪装成科学家，有点儿像解剖学家，他只会做解剖来让我们感到恶心；幽默，从我们所取的狭义上来说，确实是道德向科学的转换。

如果进一步缩小互换的术语之间的间隔，就会产生越来越特殊的喜剧性转化系统。例如，一些职业有其特定的专业词汇：通过将日常生活中的想法转换成这种专业语言，能获得多少喜剧效果啊！同样具有喜剧效果的是，将商业语言扩展到社交场合中，比如：拉比什的一个角色提到他收到的一封邀请函时说"您上月3日发来的友好信件"，便是将商业书信中的表达"您本月3日发来的函件"进行了转换。这种喜剧类型更是可以达到一种特别的深度——当它不仅揭示了一种职业习惯，还暴露了性格上的缺陷时。我们会想到《伪君子》和《贝诺伊顿家族》中的场景，在这些场景中，婚姻被当作一桩交易处理，情感问题也以严格的商业术语来讨论。

这里，我们触及一个关键点，即语言的特殊性只体现了性格的特殊性，我们需要在下一个章节中对其进行更深入的研究。我们可以预期——正如我们在前面已经看到的——文字的喜剧效果紧随情境喜剧效果之后，并且与后者一起融入性格喜剧中。语言之所以能够产生喜剧效果，只是因为它是人类的作品，尽可能精确地反映了人类精神的形式。我们在语言中感受到某种与我们生命息息相关的东西；如果这种语言的生命是完整且完美的，如果其中没有任何僵化的部分，如果语言最终成为一个完全统一的有机体，无法分裂为独立的个体，那么它就会像一个生命和谐融汇、统一的灵魂一样，不再具有喜剧效果，就像一片平静的水面不会产生任何波澜。然而，没有一片池塘的表面不会漂浮着枯叶，人的灵魂也总会因为某种习惯而僵化，使人既不能适应自己也无法适应他人，说到底，也没有任何一种语言是足够灵活、生动和整体存在于其各部分之中的，以至于能排除所有刻板，并且抵抗那些如对待简单物件一样在其上进行的机械操作，比如倒置、转换等。僵化的、成品化的、机械的，与灵活的、不断变化的、充满生命力的相对立；心不在焉与专心致志相对立；最终自动化与自由活动相对立。这些概括起来，就是笑所强调并试图纠正的东西。在我们开始分析喜剧时，我们就依靠这一理念来指引我们前进。我们在旅程中的每一个关键转折点都看到了它的光芒。现在，我们将通过它来进行一个更重要，但也更有启发性的研究。事实上，我们打算研究喜剧性格，或者更准确地说，确定喜剧性格的基本条件，并且我们也希望这项研究能帮助我们理解艺术的真正本质，以及艺术与生活的总体关系。

第三章

性格的喜剧性

| 一 |

我们一路沿着喜剧的曲折途径，观察它如何渗透到形式、姿态、动作、情境、行为和语词中。随着对喜剧性格的分析，我们现在达到了任务中最重要的部分。如果我们屈服于诱惑，根据几个引人注目的，因而也是粗糙的例子来定义可笑的事物，那么它也将是最困难的：当我们向喜剧的最高表现形式攀登时，我们会看到事实从想要保留它们的定义的太宽的网眼中溜走。然而，实际上我们采用了相反的方法：我们是从上至下来观察的。我们坚信，笑具有社会意义和影

响力，喜剧首先表达的是某种个人与社会的不适应性，说到底，人类以外别无喜剧。因此，我们首先要关注的就是人和性格。真正的挑战在于解释，为什么我们有时会因性格以外的东西而发笑，以及通过哪些微妙的渗透、组合或混合现象，喜剧能够融入一个简单的动作、一个非个性化的情境或一句独立的语句中。这就是迄今为止我们所做的工作。我们提取了纯金属，而我们的努力只是为了重新构造矿石。但现在我们将直接研究这块金属本身。这次的工作将更加容易，因为我们所面对的是一种单一的元素。让我们仔细观察，看看它如何与其他一切产生反应。

我们曾说过，有些精神状态一旦被认知就会引发共鸣，有些喜悦和悲伤会引起我们的同情，有些激情和恶习会在观者心中引发痛苦的惊讶、恐惧或怜悯，最终有些感情会通过情感共鸣在灵魂间延续。所有这些都关系到生命的本质，都是严肃的，有时甚至是悲剧性的，而只有在我们不再对他人的存在产生情感时，喜剧才能开始。喜剧开始于某种我们可以称之为

"抵抗社会生活的僵化"的状态。一个不愿与他人接触，机械地沿着自己的路径前行的人物角色是具有喜感的。笑的存在是为了纠正他的心不在焉，并将他从梦境中唤醒。如果允许把大事拿来和小事进行比较，我们可以在这里提一提我们学校入学时所发生的事情。新生通过了严酷的考试后，他还必须面对其他挑战，这些挑战由他的学长们准备，目的是让他适应他即将进入的新社会，并像他们所说的那样，让他的性格柔和下来一些。任何在大社会中形成的小社会都会本能地创造出一种方式，以纠正和柔化在其他地方形成的僵化习惯，因为这些习惯是必须被改变的。真正的社会也是如此运作。它要求每个成员都对周围的环境保持警觉，模仿周围的人，避免将自己封闭在自己的性格中，如同封闭在象牙塔内。因此，社会在每个人身上施加的，不是某种惩罚的威胁，就是一种轻微却又令人畏惧的羞辱预期，这就是笑的功能。对被嘲笑的人来说，笑总是带有些许羞辱意味的，它实际上是一种社会上的"轻微惩戒"。

因此，喜剧具有一种模棱两可的性质。它既不完全属于艺术，也不完全属于生活。一方面，现实生活中的人物如果我们无法像在剧院包厢中观看表演一样旁观他们的行为，我们就不会因为他们而发笑。他们在我们眼中之所以可笑，是因为他们为我们上演了一场喜剧。但另一方面，即便在剧场中，笑的乐趣也不是一种纯粹的乐趣，我指的是一种完全审美的、完全无利害关系的乐趣。笑中夹杂着一种隐藏的念头，即使我们自己没有，这个念头也是社会为我们准备的。其中有一种不为人知的意图，那就是羞辱某人，当然，这也是为了至少在外表上纠正他。因此，喜剧比悲剧更接近现实生活。悲剧越是宏大，诗人为了从中提炼出纯粹的悲剧性，所要对现实进行的加工就越深刻。相反，只有在杂耍和闹剧等内在形式中，喜剧才能与现实有所不同：它越是高级，越是趋向于与生活混为一体，而现实生活中的某些场景离高级喜剧如此之近，以至于剧院可以毫无改动地将其据为己有。

由此可见，喜剧性格元素在舞台上与在现实生活中是相同的。那么，这些元素是什么呢？我们不难推导出来。

人们常说，引起我们发笑的往往是我们同类轻微的缺点。我承认这种观点有相当大的道理，但我认为它并不完全正确。首先，在缺点方面，很难划清轻微与严重之间的界限：或许并不是因为一个缺点轻微我们才会笑，而是因为我们笑了，我们才觉得这个缺点轻微，毕竟，笑是最能解除戒备的。但我们可以进一步指出，有些缺点虽然我们知道它们很严重，但我们仍然会笑，例如阿巴贡的吝啬。此外，我们必须承认——尽管有些难以承认——我们不光会笑他人的缺点，有时也会笑他们的优点。我们笑莫里哀笔下的阿尔塞斯特。有人会说，我们笑的并不是阿尔塞斯特的诚实，而是诚实在他身上表现出的特殊形式，归根结底，是某种怪脾气让我们对他的诚实产生了不快。对此我没有异议，但仍然不可否认的是，我们笑的这个阿尔塞斯特的特质让他的诚实变得可笑，而这正是关键所在。因此，我们可以得出结论，喜感并不总是缺陷的表现（就伦理意义上来说），如果人们坚持认为这是某种缺陷，而且是轻微的缺陷，那么必须指出这里轻微和严重之间的确切标志。

事实上，喜剧人物严格来说可以是符合严格道德标准的。他只需要与社会规范一致即可。阿尔塞斯特的性格是一个完美诚实的人，但他不合群，由此而显得具有喜感。相比之下，一个灵活的缺点比起一个不屈的美德更难被嘲笑。让社会引起警戒的是僵硬。所以，我们笑的是阿尔塞斯特的僵硬，即便这种僵硬是他的诚实。任何孤立自己的人都会让自己处于滑稽的境地，因为喜剧在很大程度上就是由这种孤立构成的。因此，喜剧性往往与社会的风俗、观念——更直白地说——与社会的偏见息息相关。

然而，为了人类的荣誉，我们必须承认，社会理想和道德理想本质上并没有根本的区别。因此，我们可以承认，遵循一般规律，确实是他人的缺点让我们发笑——但同时也要补充说，这些缺点之所以让我们发笑，更多是因为它们的不合群性，而不是因为它们的不道德性。那么，剩下的问题就是，哪些缺点能够变得具有喜感，而在什么情况下我们认为它们太过严重而无法引人发笑？

但对于这个问题，我们其实已经在暗中给出了答案。我们曾说过，喜剧是与纯粹理智的对话；笑与情感是不相容的。即使你描绘的缺点再轻微，如果你以一种能够激起我同情、恐惧或怜悯的方式呈现给我，那就完了，我再也笑不出来了。相反，选择一个深刻的，甚至通常令人厌恶的恶习：如果你能通过适当的技巧让我对此毫无感觉，你就有可能使它变得好笑。当然，我不是说恶习就一定会变得好笑，我只是说，从那时起，它可能会变得好笑。它必须不能让我产生情感反应，这是唯一真正必要的条件，尽管这肯定不是充分条件。

但是，喜剧诗人如何才能阻止我产生情感波动呢？这个问题相当棘手。要想弄清楚这个问题，我们必须进入一个相对新颖的研究领域，分析我们在剧院中产生的那种人为的共情，确定在什么情况下我们愿意分享，在什么情况下我们拒绝分享那些虚构的喜悦与痛苦。确实存在一种艺术，可以安抚我们的感受力，并为其准备梦想，就像对一个被催眠的人所做的那样。但也存在另一种艺术，可以在我们即将产生共情时阻止它，使得即使是严肃的情境，也不会被我们当作严肃的事情来看待。在这一阻止共情的艺术中，似乎有两种手法占据主导地位，而喜剧诗人或多或少会无意识地运用这些手法。第一种手法是在角色的灵魂深处孤立出某个赋予的情感，几乎让它成为一种寄生状态，具有独立的存在形式。通常，强烈的情感会逐渐渗透到其他心灵状态中，并将它们染上与该情感相同的色彩；如果我们被引导目睹这种渐进的渗透过程，我们自己也会逐渐被相应的情感所感染。可以说——用另一种比喻来说——当所有的和声与基调一起出现时，情感便是戏剧性的、具有传染性的。正因为演员全身心地投入，观众才会随之共鸣。相反，那些让我们无动于衷、最终变得可笑的情感，往往带有一种僵硬性，阻止它们与宿主灵魂的其他部分产生联系。某个时刻，这种僵硬性可能通过木偶般的动作显现出来而引人发笑，但即使在此之前，它已经在阻碍我们的共情了：如何与一个不与自己和谐共处的灵魂产生共鸣呢？在《吝啬鬼》中有一幕情节几乎触及了正剧的范畴。这一幕是素未谋面的借款人和放债人相遇，发现彼此竟是父子。如果吝啬和父爱的冲突在阿巴贡的灵魂中产生了一种或多或少原始的组合，那这段情节就会进入正剧的范畴。但事实并非如此。会见刚结束，父亲就把一切都忘记了。再遇见儿子时，他几乎没有提到那场严肃的对话："至于你，我的儿子，我很宽容地原谅了之前发生的事……"吝啬因此与其他部分擦肩而过，没有产生任何影响，就这样心不在焉地没有受到影响。尽管吝啬占据了灵魂，尽管它已经成为这个家庭的主宰，它仍然是一位外来者。而一场具有悲剧性的吝啬则完全不同。我们会看到它吸引、吸收并同化个体的各方面力量：感觉和感情、欲望和厌恶、恶习和美德，这些都会成为材料，而吝啬则会赋予这些材料一种新的生命形式。这似乎是高等喜剧与正剧之间的本质区别。

还有第二种区别，它更为明显，并且实际上是由第一种区别衍生而来。当我们描绘一种心理状态，意图使其戏剧化或仅仅是让我们认真对待它时，我们就会逐渐将它引向能准确衡量它的行动。正如吝啬鬼会为了利益而精打细算，而伪善者则会在假装只关注天国的同时，在地面上最为巧妙地操作。喜剧当然并不排除这种类型的策划，正如《伪君子》中的阴谋所证明的那样。但这也是喜剧与戏剧共有的特点，而为了将二者区分开来，并防止我们对严肃的行动产生严肃的看法，最终为了引导我们发笑，喜剧采用了一种方法，我将其总结如下：喜剧并不将我们的注意力集中在行动上，而是转向了姿势。这里所说的"姿势"指的是一种毫无目的、无利益牵扯而仅仅是由于一种内在的渴望而表现出来的态度、动作甚至言语。如此定义的姿势与行动有着根本的不同。行动是有意图的，至少是有意识的；姿势则是无意的，是自动化的。在行动中，整个人都在付出；而在姿势中，仅仅是个体的一部分在表达，而且是在个体整体不知情或至少不完全参与的情况下表达出来的。最后（这也是最重要的一点），行动与激发它的情感完全相称，二者之间存在一个渐进的过渡，这样我们对行动的同情或厌恶可以顺着从情感到行为的线索逐渐发展，逐步产生兴趣。而姿势则有某种爆发性的特质，它唤醒了我们正准备被抚慰的敏感性，并通过提醒我们关注自己，防止我们把事情看得严肃。因此，一旦我们的注意力集中在姿势而非行动上，我们就进入了喜剧的领域。伪君子塔尔图夫这个角色的行为本应属于正剧范畴，然而，当我们更多地关注他的姿势时，我们会发现他是可笑的。回想一下他上场的那一刻："劳伦特，把我的苦修衣和苦修鞭收好。"他知道多琳在听，但你要相信，即使她不在场，他也会这么说。他如此投入地进入了伪君子的角色，以至于他几乎是在本色出演。正是由于这种真诚，也只有通过这种真诚，塔尔图夫才变得具有喜感。没有这种物质上的真诚，没有这些态度和语言，即如果没有这种物质上的真诚，如果没有长期的伪善实践所转化为自然姿态的态度和语言，塔尔图夫就会单纯地显得面目可憎，因为我们只会想到他行为中的意图。由此我们可以理解，行动在正剧中是至关重要的，而在喜剧中却是次要的。在喜剧中，我们感觉到作者完全可以选择任何其他情境来呈现这个人物：换一种情境，他仍然会是同一个人。而在正剧中，我们却没有这种感觉。正剧中的人物和情境是紧密结合在一起的，或者更确切地说，事件是人物的一部分，以至于如果正剧讲述的是另一个故事，即使剧中人物的名字没有改变，我们实际上也会面对完全不同的人物。

总而言之，我们已经看到，性格无论是好是坏，都不重要：只要它不合群，它就可能变得可笑。现在我们还看到，情节的严重性同样无关紧要：无论是严重的还是轻微的，它都可能使我们发笑，只要能够安排得当，使我们不为之动情。总之，人物的不合群性，观众的无动于衷，这便是两个基本条件。此外还有第三个条件，这个条件包含在前两个条件之中，也是我们至今所有分析所试图揭示的。这个条件就是自动性。我们在这篇文章一开始就提到过这个问题，并且不断将注意力集中在这一点上：只有那些自动完成的事情才真正具有喜剧性。无论是在缺点中，还是在某些优点中，具有喜感的东西正是那些人物不知不觉中表露出来的东西，即那些不经意的动作和无意识的话语。任何心不在焉都是可笑的，而心不在焉的程度越深，可笑的程度就越高。像堂吉诃德那样的系统性的心不在焉是世界上最可笑的事情：它是心不在焉本身，几乎达到了其源头。再拿其他喜剧人物来说。无论他多么清楚自己在说什么、在做什么，如果他是具有喜感的，那是因为他的个性中有他自己不了解的一面，有一面是他自己都看不到的：正是通过这一点他才能让我们发笑。那些深刻的具有喜感的话语正是那些天真的话语，其中的恶习赤裸裸地展现出来：如果它能够看清自己并且审视自己，它怎么会以这种方式暴露呢？喜剧人物经常在以一般性词语批评某种行为后，立刻就为我们提供了这种行为的实例，比如：在莫里哀的《贵人迷》中，乔尔丹先生的哲学老师在说完不要生气后却生气了；莫里哀的《女学究》中，瓦迪厄斯在嘲笑那些喜欢念诗的人后却从口袋里掏出了诗，等等。这些矛盾究竟意在何为？无非是让我们切实感受到这些人物的无意识罢了。对自己缺乏注意，因此也对他人缺乏注意，这正是我们始终看到的情况。如果仔细观察，我们会发现这种漫不经心正精准地和我们之前所说的不合群性混在了一起。在这里，僵硬的主要原因正是人们忽视了观察周围的人，尤其是自己：如果一个人不先了解别人和自己，又怎么能将自己塑造成他人那样呢？僵硬、自动性、心不在焉、不合群性，这些特质是相互渗透的，而性格的喜剧性正是由这些特质构成的。

总而言之，如果我们撇开人在情感上吸引我们的部分，也就是那些能够打动我们的部分，那么剩下的部分便可能产生喜感，而喜感将直接与其中表现出的僵硬程度成正比。我们在这篇文章的开头就提出了这个观点，并在主要结果中验证了它，又在刚刚将其应用到了对喜剧的定义上去。现在我们需要更深入地探讨这一观点，并展示它如何帮助我们准确定位喜剧在众多艺术形式中的地位。

从某种意义上说，可以认为每一种性格都具有喜剧性，前提是我们把性格理解为一个人在其内心中浑然天成的、一旦形成便可以像机器那样自动运作的机制。这就好比我们不断重复自己。因此，这也是其他人能够模仿我们的部分。具有喜感的人物是一种类型。反过来说，与某个类型相似的东西往往也带有喜感的成分。我们可能与一个人交往已久，却没有发现这个人有什么可笑之处；但如果有人利用偶然的机会，将这个人比作某个戏剧或小说中的著名角色，那么至少在那一瞬间，我们会觉得这个人有些可笑。然而，这个小说中的角色本身可能并不具有喜感，但和这个角色相似却是具有喜感的。让自己忘乎所以是具有喜感的；主动去适应一个已准备好的框架，在某种意义上也是具有喜感的；而最具有喜感的莫过于自己成为一个框架，让其他人随时可以融入其中，也就是说，将自己逐渐固化为一种性格。

因此，描绘性格，也就是描绘一般类型，这就是高级喜剧的目标。这个观点，我们已经说过很多次了。但我们还是要重申，因为我们认为这个概念足以定义喜剧。事实上，喜剧不仅展现了一般类型，而且在我们看来，它是唯一一个追求普遍性的艺术形式，因此，一旦给它指定了这个目标，就等于阐明了它的本质，这是其他艺术形式所不具备的。要证明这确实是喜剧的本质，并且通过这一点，它与悲剧、正剧以及其他艺术形式相对立，我们首先需要定义艺术中最崇高的部分；然后，逐步过渡到对喜剧诗歌的研究，就会发现它处于艺术与生活的边界，通过其普遍性的特点，与其他艺术形式区别开来。我们在此无法展开如此广泛的研究。然而，我们仍然必须勾勒出这一研究的框架，否则就会忽略我们认为在喜剧中最为本质的东西。

艺术的对象是什么呢？如果现实能够直接触动我们的感官和意识，如果我们能够与事物以及自我进行直接的交流，我相信艺术将变得不再必要，或者说我们每个人都会成为艺术家，因为我们的灵魂将始终与大自然保持共鸣。我们的眼睛在记忆的帮助下，将能够在空间中勾勒出无法模仿的画面，并在时间中固定这些画面。我们的目光将会捕捉到雕刻在活生生的人体大理石上的雕像碎片，这些碎片将与古代雕塑一样美丽。我们会在灵魂深处听到一段旋律，这段旋律有时欢快，有时忧伤，但始终独具原创性，这就是我们内心生活的连续旋律。所有这些都在我们周围，所有这些也在我们内心深处，然而我们却无法清晰地感知到这一切。在自然和我们之间，怎么说呢？在我们和我们自己的意识之间，有一层面纱，对普通人来说是厚厚的面纱，而对艺术家和诗人来说，则是轻薄的、几乎透明的面纱。这层面纱是由哪位仙女编织的？是出于恶意还是友善呢？为了生存，我们必须以与我们需求相关的方式来感知事物。生活在于行动。生活就是只接受对我们有用的印象，以便用适当的反应来应对这些印象；其他的印象则要么模糊不清，要么只能模糊地到达我们这里。我看着，便以为自己看见了；我听着，便以为自己听见了；我审视自己，便以为我看清了自己内心深处的想法。然而，我从外部世界所看到和听到的，只不过是我的感官从中提取出来的内容，用以指导我的行为；我所了解的自我，只不过是浮现在表面上、参与行动的部分。因此，我的感官和意识只向我呈现了现实的一个实用简化版本。在他们给我展示的自我和事物的视野中，那些对人类无用的差异被抹去，那些对人类有用的相似性被强调，而我的行动将进入提前为我铺好的道路。这些道路是全人类在我之前已经走过的。事物被分类，以便我能从中获益。而我所看到的，更多的是这种分类，而不是事物的颜色和形状。当然，人类在这方面已经远远优越于动物。狼的眼睛很可能无法区分山羊和绵羊，对狼来说，这两者都是一样的猎物，因为它们同样容易捕捉，吃起来同样美味。而我们能够区分山羊和绵羊，但是，我们是否能区分一只山羊和另一只山羊，一只绵羊和另一只绵羊呢？只要对我们的感知没有实质性的帮助，事物和生命的个性就会被我们忽略。即使在我们注意到个体性的时候（比如当我们区分一个人与另一个人时），我们的眼睛所捕捉的也不是个性本身——某种形式与颜色上完全独特的和谐，而只是有助于实际识别的一个或两个特征。

总之，可以这么说，我们并没有真正看到事物本身；大多数情况下，我们只是在阅读贴在它们身上的标签。这种倾向源于需求，并在语言的影响下得到了进一步的强化。因为词语（除专有名词外）通常指的是类别。词语只标记事物最普遍的功能和最普通的外观，它们介于事物和我们之间，如果事物的形式不是已经被创造这个词的需要所隐藏，它们将会遮蔽我们眼中的事物。不但外部对象是如此，我们自己的内心状态也在最亲密、最个性化、最独特的体验中不被我们察觉。当我们感受到爱或恨，当我们感到快乐或悲伤时，难道我们的意识真的能够感受到我们情感中那千变万化的细腻色调和深邃共鸣，正是这些使得它成为我们独一无二的东西吗？如果是这样的话，我们每个人都会成为小说家、诗人或音乐家。但在最通常的情况下，我们只能感受到自己精神状态的外在表现。我们只抓住了情感的非个性化一面，即语言能够一次性标记的部分，因为在相同的条件下，它们在所有人中大致相同。因此，即使在我们自己身上，我们也难以捕捉个体性。我们在概念和符号中移动，就像在一个封闭的领域里，我们的力量与其他力量进行有益的较量；我们被行动所吸引、所迷惑，为了我们的最大利益，我们被拉向行动所选择的领域，我们生活在一个介于事物与自我之间的中间地带，既外在于事物，也外在于自己。然而，有时，大自然会偶尔造就一些与生活更为疏离的灵魂。我说的不是那种有意的、理性的、系统化的疏离，这种疏离是通过反思和哲学来实现的。我指的是一种自然的疏离，它内在于感官或意识的结构，并立即通过某种纯真的方式表现出来，如看、听或思考。如果这种疏离是完全的，如果灵魂不再通过任何感知与行动相连，那它将成为一个世界上前所未见的艺术家的灵魂。它将擅长所有艺术，或者更确切地说，它将把所有艺术融合为一种。它将看到万物的原始纯净，无论是物质世界的形式、颜色和声音，还是最微妙的内在生命运动。但这对大自然来说是苛求的。即使是那些被她造就为艺术家的人，她也只是偶然地、在某一方面揭开了那层面纱。她只是在某一方向上，忘记了将感知与需求联系在一起。因为每个方向都对应于我们所称的某种感官，艺术家通常通过一种感官，并且只有通过这种感官，献身于艺术。这就是艺术多样性的起源。这也解释了艺术倾向的专业化。有的人倾向于色彩和形式，因为他们为色彩而爱色彩，为形式而爱形式，他们为了色彩和形式而感知它们，而不是为了自己，他们将透过色彩和形式看到事物的内在生命。他会逐渐使事物的内在生命进入我们原本混乱的知觉之中。至少在某一时刻，他们会使我们摆脱那些妨碍我们眼睛看到现实的形式和色彩偏见。他们会实现艺术的最高抱负，那就是揭示自然；另一些人则会更倾向于向内求索。在那些将情感勾勒出来的千万种萌生的行动中，在表达并掩盖个体心理状态的平庸和社交用语背后,他们会去寻找那简单而纯粹的情感状态。为了诱使我们在自己身上尝试同样的努力,他们会努力让我们看到一些他们所看到的东西:通过有节奏地安排词语,使它们组织在一起并充满独特的生命力,他们告诉我们,或者更确切地说,他们暗示我们,语言本身并不是为了表达的东西;还有一些人会挖掘得更深。在那些可以用语言表达的喜悦和悲伤之下,他们会捕捉到一些与语言完全无关的东西,那些比人类最内在的情感更为内在的生命和呼吸节奏,它们是其消沉和兴奋、悔恨和希望的活生生的法则,并且在每个人身上都变化无常。通过揭示和强调这种音乐,他们会强迫我们注意到它;他们会让我们不由自主地融入其中,就像路人不由自主地加入舞蹈一样。通过这种方式,他们会让我们内心深处某些等待震颤的东西也开始振动——因此,无论是绘画、雕塑、诗歌还是音乐,艺术的唯一目的都是排除那些实用的象征、习俗上和社会上接受的一般观念,最终排除一切掩盖现实的东西,以使我们能够与现实面对面。关于这一点的误解导致了现实主义和理想主义在艺术中的争论。艺术肯定只是一种更直接地看到现实的方式。但这种纯粹的感知意味着与功利的惯例决裂，意味着感官或意识与生俱来的且特别定位的无私性，最终意味着一种某种程度上的非物质生活，这正是人们通常所称的理想主义。因此，可以毫不夸张地说，绝不是玩弄辞藻，现实主义体现在作品中，而理想主义则体现在灵魂中，只有通过理想主义，我们才能重新接触到现实。

戏剧艺术也不例外。戏剧所追求并带入光明的，是一种被生活的必然性所掩盖的深层现实，这种必然性往往是为了我们的利益。那么，这种现实是什么？这些必然性又是什么？所有的诗歌都表达着灵魂的状态。然而，这些状态中有些主要是由人与他人接触所引发的。这些情感是最浓郁的，也是最激烈的。就像电荷在两块电容器板之间相互吸引并积累，最终产生火花一样，仅仅是人们相互之间的接触就会产生深刻的吸引与排斥，产生完全的失衡，最终使灵魂通电，也就形成了所谓的激情。如果人类任凭感官的自然本性发展，如果没有社会法则和道德法则，那么这些激烈的情感爆发就会成为生活的常态。然而，阻止这些爆发是有好处的。人类必须生活在社会中，因此必须遵循规则。利益诱导我们做的事，理性则予以节制：我们有责任，我们的使命就是履行这个责任。在这种双重影响下，人类逐渐形成了一种表层的情感和思想，这些情感和思想趋于不变，至少希望能成为所有人共有的东西，并且当它们没有力量压制内在的个人激情之火时，就会被覆盖。人类向着越来越和平的社会生活缓慢进步，逐渐巩固了这种表层情感和思想，就像我们在世上生活本身也是一个漫长的过程，努力在燃烧的熔融金属之上覆盖一层坚硬、冰冷的表皮。但有时也会发生火山喷发。如果地球是一个有生命的存在，就像神话中所描述的那样，它或许会喜欢在休息时，回想起那些突然爆发的时刻，因为在那些时刻，它感觉自己重新掌控了自己最深层的部分。戏剧为我们提供的正是这类的享受。在社会和理性为我们构建的平静而市侩的生活之下，它会在我们内心深处激起某种幸好没有爆发出来的东西，却又让我们感受到其内在的紧张感。它让自然在社会中获得了复仇。时而它直奔目标，从深处唤出能引爆一切的激情；时而它会绕弯子，就像当代戏剧经常做的那样。它会用一种有时是狡辩的技巧，揭示出社会自相矛盾的地方；它会夸大社会法则中可能存在的虚伪成分；通过这种迂回的方式，瓦解外壳，让我们触及内在深处。但无论是削弱社会，还是增强自然，戏剧追求的目标都是一样的，即揭示我们自身隐藏的部分，可以称之为我们个性中的悲剧性元素。当我们走出一部精彩的戏剧时，这种感觉尤为强烈。吸引我们的，与其说是戏剧给我们讲述的他人的故事，不如说是它让我们瞥见了自己，瞥见了那充满模糊事物的混沌世界，这些事物本来想要存在，但所幸并没有发生。这时似乎有一种呼唤，唤起了我们内心无比古老的返祖性的记忆，那些记忆如此深刻，对我们当下的生活来说，是如此陌生，以至于我们的现实生活在片刻间显得虚幻或约定俗成，我们必须重新学习适应。因此，戏剧所探寻的确实是一种更深层次的现实，这种现实藏在更功利的成就之下，而这种艺术的目标与其他艺术相同。

由此可见，艺术始终以个体为目标。画家在画布上固定的，是他在某个地方、某天、某个时刻看到的东西，带有再也无法重现的色彩。诗人所歌颂的，是属于他自己的灵魂状态，仅仅是他的，且永不会再现。剧作家展现在我们眼前的，是灵魂的铺展，是情感和事件的活生生的震颤，简而言之，是某种曾经出现过一次且再也不会重现的东西。即使我们给这些情感赋予一般性的名字，在另一颗心灵中，它们也不会再是同样的东西。它们是个体化的。正因如此，它们属于艺术领域，因为一般性、象征性，甚至所谓的类型，都是我们日常感知中的通用货币。那么，关于这一点的误解又从何而来呢？

原因在于，人们混淆了两件截然不同的事物：对象的普遍性与我们对其所做判断的普遍性。一种情感喜剧人物通常是个心不在焉的人。

Le personnage comique est d'ordinaire, comme nous l'avons montré, un distrait.

被普遍认为是真实的，并不意味着它是一种普遍的情感。没有什么比哈姆雷特这个角色更独特了。如果他在某些方面与其他人相似，那也并不是我们最感兴趣的地方。然而，他被普遍接受，被普遍认为是活生生的。从这个意义上说，他具有一种普遍的真实性。对其他艺术作品来说也是一样的。每一件艺术品都是独特的，但如果它带有天才的印记，最终会被所有人接受。为什么它能被接受？而如果它是独一无二的，我们凭什么标志来识别它的真实性呢？我认为，我们之所以能识别它，是因为它使我们自己也努力去真诚地观察。真诚是具有传染性的。艺术家所看到的东西，我们可能再也看不到，至少不会完全相同；但如果他确实真实地看到了，那么他为了揭开面纱所做的努力就会促使我们去效仿。他的作品成了一个教训，我们以此为榜样。而作品的真实性正是通过这一教训的影响力来衡量的。由此可见，真理本身具有一种说服力，甚至是一种转化力，这是识别真理的标志。作品越伟大，所展现的真理越深刻，虽然其效果可能会来得慢一些，但这一效果也会更加趋向于普遍性。因此，这里的普遍性在于所产生的效果，而不在于其起因。

喜剧的目的则完全不同。在这里，普遍性体现在作品本身。喜剧描绘我们曾经遇到过并将继续遇到的性格特征。它记录相似之处，旨在向我们展示典型形象。必要时，它甚至会创造新的典型形象。因此，它在这一点上与其他艺术形式有所不同。

一些著名喜剧的标题本身就已经说明问题了《厌世者》《吝啬鬼》《赌徒》《粗心人》等，这些都是类型的名称。而即使性格喜剧以某个专有名词为标题，这个专有名词也很快会因其所包含的内容之重而变成一个通用名称。我们会说"一个塔尔图夫（伪君子），但我们不会说"一个费德尔"或"一个波吕厄克特"。[14]

尤其是，悲剧诗人几乎不会想到围绕他的主角聚集一些次要人物，这些人物可以说是主角的简化版。悲剧英雄拥有独一无二的个性，可以模仿他，但在这样做时，不管是有意还是无意，都会从悲剧转向喜剧。没有人像他，因为他不像任何人。相反，当喜剧诗人创作了他的中心角色后，会有一种显著的本能驱使他在周围安排其他具有相同一般特征的人物。许多喜剧的标题是复数形式或集体名词。《女学究》《可笑的女才子》《无聊的世界》等，都是在舞台上聚集了同一种基本类型衍生出来的不同人物。分析这种喜剧趋势将会很有趣。也许首先可以发现的是，医生们提到的一个事实：同一种类的失衡者会被一种秘密的吸引力所驱使，彼此寻找。尽管不一定属于医学范畴，正如我们所展示的那样，喜剧人物通常是个心不在焉的人，而从这种心不在焉到完全失衡的过渡是无声无息的。但还有另外一个原因。如果喜剧诗人的目的是向我们展示同一类型，即能够重复的性格，他还能有什么比向我们展示同一类型的多个不同范例更好的方法呢？自然学家在处理同一物种时用的也是这样的方法——他列举并描述这个物种的主要变种。

悲剧和喜剧之间这种本质的区别，前者专注于个体，而后者专注于类型，还以另一种方式得到了体现。这种区别表现在作品的初步构思中。从一开始，它就通过两种截然不同的观察方法表现出来。

尽管这一论断看起来似乎矛盾，但我们并不认为悲剧诗人有必要观察他人。首先，事实上我们发现，许多伟大的诗人过着隐居而非市井的生活，并没有机会目睹那些他们忠实描绘的激情的爆发。然而，即使他们确实目睹了这一切，我们也不确定这对他们有多大帮助。实际上，在诗人的作品中吸引我们的，是对某些极为深刻的心灵状态或某些完全内在的冲突的洞察，而这种洞察无法从外部获得。心灵之间是无法相互渗透的。我们只能从外部看到激情的某些迹象，并且我们对这些迹象的解释——还常常是有缺陷的——只能通过与我们自身的体验类比来进行。因此，我们自己的体验才是关键，我们只能深入了解我们自己的内心——如果我们能够了解它的话。这是否意味着诗人必须经历他所描述的情境，必须经历他笔下人物的生活以及他们的内心世界？在这一点上，诗人的传记会给我们一个否定的回答。况且，如何能够假设同一个人既是麦克白，又是奥赛罗、哈姆雷特、李尔王，甚至是更多的其他人物呢？但或许我们应该在此区分诗人的实际人格与他本可能拥有的那些人格。我们的性格是一个不断重复的选择的结果。在我们人生的道路上，总会有一些（至少是表面上的）分岔点，我们看到了许多可能的方向，尽管我们只能选择其中一个方向前进。而回溯原路，沿着曾经瞥见的方向走到尽头，这似乎正是诗人想象力的本质。我愿意相信莎士比亚既不是麦克白，也不是哈姆雷特或奥赛罗，但如果环境以及他的意志选择引发了他内心的强烈爆发，他也可能会成为这些不同的人物。认为诗人的想象力是从四处收集碎片，然后像拼接阿尔勒坤（Arlequin）[15]的衣服那样拼凑其笔下人物的看法，实在是对诗人想象力的误解。那样做不会产生任何有生命力的东西。生命无法重新组合，它只能被简单地观察。诗人的想象力只能是一种对现实更完整的洞察。如果诗人创造的人物给我们带来了生命的感觉，那是因为这些人物就是诗人自己，诗人被放大，诗人通过一种内在观察的强大努力深入挖掘自己，抓住现实中的潜在性，并将自然留在他体内的未完成或仅仅是简单构想的部分转化为一个完整的作品。

诞生喜剧的观察方式则完全不同。这是一种外在的观察。无论喜剧诗人对人性中的荒谬感到多么好奇，他都不会去寻找自己的荒谬感，而且无论如何他也大概是找不到的：我们之所以可笑，是因为我们自身的某些方面逃避了我们的意识。因此，这种观察只能在其他人身上进行。然而，正因为如此，这种观察具有了一种无法在自我观察时产生的普遍性特征。因为这种观察停留在表面，它只能触及人的外在部分，也就是那些使人们相互接触并变得相似的部分。它不会进一步深入。而即使它能够深入，也不会想要深入，因为这样做不会有任何好处。过分深入个性内部，把外在效果与太过私密的原因联系起来，将会削弱并最终牺牲效果中的可笑之处。为了让我们想笑，必须将可笑的原因局限在灵魂的中等层次。因此，这种效果最多只能显现为一种中等水平，作为一种普通的人性表达。而且，像所有的中等水平一样，这种可笑是通过将分散的数据加以对比，通过类比相似的情况并提炼其精华，最后通过一种类似于物理学家从事实中归纳出规律的抽象和概括工作得来的。简而言之，在喜剧的观察方式和结果方面，方法和对象与归纳科学中的方法和对象本质上是相同的，因为观察是外在的，结果是可以概括的。

我们绕了一大段路，又回到了在研究中得出的双重结论。一方面，一个人之所以可笑，是因为他有一种类似于心不在焉的特质，某种与他自身并未融合的东西，就像寄生物那样生活在他身上：正因为如此，这种特质可以从外部观察到，并且也可以得到纠正。另一方面，既然笑的目的正是纠正这种行为，那么让纠正能够影响尽可能多的人是有益的。这就是为什么喜剧的观察本能地趋向于普遍性。它在各种独特性中选择那些可能重复出现的特质，这些特质并不是与个体的个性不可分割地联系在一起的，可以说是"共同的"独特性。通过将这些独特性搬上舞台，喜剧创作了属于艺术的作品，尽管它仅仅是为了取悦观众，但它通过其普遍性特征以及潜在的纠正和教化的意图，与其他艺术作品有所不同。因此，我们有充分的理由说，喜剧介于艺术与生活之间。它不像纯粹的艺术那样不带功利性。在构建笑点的时候，喜剧接受了社会生活作为其自然环境，甚至追随社会生活的某种推动力。而在这一点上，它背离了艺术，艺术则是对社会的脱离和对单纯自然的回归。

| 二 |

现在，让我们根据前面的内容，看看如何创造一种理想的喜剧性格，一种本身就具有喜感的性格，在其起源、所有表现形式中都充满喜剧性。它需要有深度，以为喜剧提供持久的素材，同时又要浅薄，才能符合喜剧的基调，对拥有它的人来说是不可见的，因为喜剧是无意识的，对其他人来说则是显而易见的，

以便引发普遍的笑，它对自己充满宽容，因此能够毫无顾忌地展现出来，他人却感到厌烦，以至于他们会毫不留情地加以抑制。它应该是可以立即纠正的，这样人们的笑就不会是徒劳的；它还应具备在新的表现形式下重生的能力，这样笑就永远有事可做；它应与社会生活密不可分，尽管在社会中显得难以忍受；它最终应具备以各种可能的形式变化的能力，能与各种恶习甚至一些美德相结合，要融合这些元素在一起。灵魂的化学家如果被委以这种精妙配置的任务，到了倒出试管的时刻，可能会有些失望。他会发现自己费尽心力重新组合出的混合物，实际上是人们唾手可得、无需成本的东西，它在人类中像空气在自然界中一样普遍。

这种混合物就是虚荣。我不认为有比虚荣更表面化又更深刻的缺点了。它所受的伤害从来不严重，但却不容易愈合。它所得到的帮助是所有帮助中最虚假的，却又能留下持久的感激。虚荣本身几乎算不上是一种恶习，然而所有恶习都围绕着它，随着这些恶习的精练，它们最终只不过是满足虚荣的手段。虚荣源自社会生活，因为它是一种基于他人所给予的赞美而产生的自我崇拜，它比自私更加自然、更加普遍地与生俱来，因为自然往往能战胜自私，而我们只有通过反思才能克服虚荣。事实上，我不认为我们天生就是谦虚的，除非我们把某种完全是生理性的羞怯也称为谦虚，而这种羞怯其实比我们想象的更为接近骄傲。真正的谦虚只能是对虚荣的反思。它源自对他人错觉的观察以及对自身迷失的恐惧。它就像对别人对自己所说的话、所做评价抱有符合科学的谨慎态度。谦虚是由修正和修饰组成的，说到底是一种后天习得的美德。

很难确切说出在何时，想要变得谦虚的思虑与害怕变得可笑的恐惧分开了。但这种恐惧与思虑在最初肯定是相混的。对虚荣产生的错觉及其伴随的可笑性进行完整的研究，能够为笑的理论提供一种独特的见解。我们会看到，笑在不断实现其主要功能之一，即提醒那些心不在焉的自尊心重新认识自己，从而获得性格上最大化的社交性。我们会看到，虚荣是社会生活的自然产物，但它却对社会构成了困扰，正如我们体内不断分泌的轻微毒素，若没有其他分泌物来中和其效果，最终会使我们的身体中毒。笑不断在进行这样的工作。从这个意义上说，我们可以说笑是虚荣的特效药，而虚荣是最可笑的缺点。

当我们讨论形态和动作中的喜剧性时，我们展示了某种本身就可笑的简单形象，如何潜入其他更复杂的形象，并赋予它们某种喜剧的特质。因此，有时最高级形式的喜剧性可以通过最低级的喜剧性来解释。但相反的情况也许更为常见，有些非常粗俗的喜剧效果，实际上是由非常微妙的喜剧性降格而来的。同样，虚荣作为一种高级形式的喜剧性，是我们倾向于在所有人类活动的表现中仔细寻找的元素，尽管这种寻找是无意识的。我们寻找它，哪怕只是为了取笑它。我们的想象力常常把它放在不属于它的地方。也许我们应该把心理学家通过对比未能充分解释的某些效果非常粗糙的喜剧与这一起源联系起来：一个小个子的人从一扇大门下弯腰穿过；两个人，一个非常高大，另一个非常瘦小，他们神情严肃地走着，互相搀扶着，等等。如果你仔细观察刚刚所描述的这个画面，我想你会发现，两个人中个子较小的那个似乎正在努力拔高自己向高个子靠拢，就像青蛙想让自己变得像牛一样大。

| 三 |

这里不打算列举与虚荣相伴或与之竞争的各种性格特征，它们吸引了喜剧诗人的注意。我们已经指出，所有缺点都可能变得可笑，甚至严格来说，某些美德也可以如此。即便能列出已知的荒谬之事，喜剧也会不断延伸它的清单，当然这并不是凭空创造出一些荒谬，而是揭示出此前未曾注意到的喜剧方向：就像在同一块复杂的地毯图案中，想象力能够不断发现新的图形。我们知道，关键条件是被观察到的特征立刻呈现为一种框架，许多人都可以被纳入其中。

然而，有些框架是现成的，由社会本身构成，且对社会是必要的，因为社会建立在分工的基础上。我指的是职业、功能和专业。任何特殊的职业都会给从事者带来某些思维习惯和性格特征，使他们彼此相似，同时也区别于他人。这样，在大社会中形成了小社会。毫无疑问，这些小社会是整个社会组织的产物。然而，如果它们过于孤立，就有可能损害社交性。而笑的功能正是抑制这些分离的倾向。它的作用是将僵硬转化为灵活，使每个人重新适应所有人，最终把棱角磨圆。因此，这里我们会发现一种可以预先确定的喜剧形式，我们可以称之为"职业喜剧"。

我们不打算详细讨论这些类型的多样性，我们更想要强调它们的共同点。首先就是职业的虚荣心。乔尔丹先生的每位老师都认为自己的艺术高于其他所有艺术。在拉比什的作品中有一个角色，他不明白除了做木材商，人还能做什么职业。当然，他自己就是一位木材商。此外，虚荣往往会随着职业中包含的江湖骗术成分的增加而逐渐变为庄重感。一个显著的事实是，越是可疑的艺术，其从业者越倾向于认为自己肩负着某种神圣使命，并要求别人对他们的神秘术表示敬畏。显然，有用的职业是为公众服务的；然而，那些实用性较为可疑的职业，只有在假设公众为其而存在的前提下，才能证明其合理性，而这种错觉正是庄重感的根源。莫里哀笔下医生的喜剧性，很大程度上来源于此：他们把病人当作为医生而存在的，甚至将大自然也视为医学的附属品。

这种具有喜感的僵化的另一种形式，是我称之为"职业麻木"的现象。喜剧的角色会如此紧密地嵌入他所处的严格的职业框架中，以至于他不再有空间像其他人一样活动，尤其是感受情感。让我们回想一下法官佩林·丹丁对伊莎贝尔说的话，当她问他如何能忍受看到那些可怜人遭受酷刑时，他回答道："哎呀！这总能打发一两个小时。"

这种职业麻木不也是塔尔图夫的表现吗？虽然是通过奥尔贡的嘴巴表达出来的："即使我看到兄弟、孩子、母亲和妻子死去，我也会像这样不在乎！"

然而，将一种职业推向喜剧的最常见方式，是几乎将其局限在该职业特有的语言之中。让法官、士兵、医生用法律、战略或医学的语言来处理日常事务，仿佛他们已经无法像普通人那样说话。通常，这种类型的喜剧比较粗糙。但正如我们所说的，当它不仅揭示了职业习惯，还揭示了个性特征时，就会变得更加微妙。让我们回想一下雷格纳德（Jean-François Régnard）[16] 笔下的赌徒，他用赌博的术语极具创意地表达自己，甚至给他的仆人取名为"赫克托尔"，并等着把他的未婚妻称为"帕拉斯"，这些都源自著名的黑桃皇后。

或者再看看莫里哀的《女学究》，其中的喜剧性很大程度上来自她们将科学概念转化为女性的感性语言："我喜欢伊壁鸠鲁……""我喜欢漩涡学说"等等。让我们再读读第三幕，你会发现阿尔芒德、菲拉明特和贝丽丝一直以这种风格表达自己。

如果我们继续沿着这条线深入下去，我们还会发现所谓的"职业逻辑"，即某些职业环境中学到的思维方式，这种方式在这些职业中可能是正确的，但对外界来说却是错误的。然而，这两种逻辑（一种是特定的，另一种是普遍的）之间的对比，往往会产生一些特殊性质的喜剧效果。深入研究这些效果将有助于更全面地理解笑的理论。接下来我们将扩大视野，全面探讨这一问题。

| 四 |

确实，我们一直在努力揭示喜剧的深层原因，然而却不得不忽视了它的一种最引人注目的表现形式。我们这里指的是喜剧人物和喜剧群体特有的逻辑，这种逻辑很奇怪，在某些情况下，它会给荒谬留出很大的空间。

泰奥菲尔·戈蒂耶（Théophile Gautier）[17]曾说，夸张的喜剧就是荒谬的逻辑。许多笑的哲学都围绕着类似的思想。每一个喜剧效果都会在某种程度上暗含矛盾。让我们发笑的是在具体形式下表现出来的荒谬，一种"可见的荒谬"，或者是一种先被接受，然后立刻被纠正的荒谬，或者更好的是，一方面看似荒谬，另一方面却可以自然解释，等等。这些理论无疑都包含一定的真理。但是，首先，它们只适用于某些比较粗俗的喜剧效果，其次，即使在它们适用的情况下，似乎也忽视了喜剧性中最具特色的元素，即包含荒诞的喜剧中荒诞的特殊性。要想验证这一点，只需选择这些定义中的一个，按照公式构思出效果，往往就不会产生可笑的效果。因此，喜剧中的荒谬并不是任意的荒谬，而是一种特定的荒谬。它不会创造喜剧效果，反而是由喜剧效果衍生出来的。它不是原因，而是结果——一种非常特殊的结果，反映了产生它的特殊原因。我们已经知道了这个原因，因此现在理解这种结果就不难了。

假设有一天，你在乡间散步，看到山顶上有一个模糊的物体，像是一个不动的大物体，带有转动的胳膊。你还不知道那是什么，但你开始在自己的记忆中寻找，那些最符合你所看到的事物的记忆。几乎是一瞬间，风车的形象就出现在脑海中：你看到的是风车。你出门之前读的是关于拥有无穷无尽手臂的巨人的童话故事，这并不重要。我承认，常识确实在于懂得回忆，但更在于懂得遗忘。常识是一个头脑的努力，它不断适应和重新适应，在改变对象时改变想法。它是智慧的流动性，与事物的流动性相适应。它是我们对生活的关注的连续性。

现在堂吉诃德出征了。他在小说中读到，骑士在路上会遇到敌对的巨人。因此，他需要一个巨人。这个"巨人"的想法是他心中一个特权记忆，它盘踞在他的脑海中，静静等待，伺机而动，准备冲出来并附身于某个事物。这段记忆渴望被物质化，于是第一个与巨人形象有着哪怕一点点相似的物体，就会被赋予巨人的形象。因此，堂吉诃德会在那里看到巨人，而我们则看到风车。这是具有喜感的，也是荒谬的。但这是一种随意的荒谬吗？

这是一种非常特殊的常识倒置。它在于试图根据已有的想法来塑造事物，而不是根据事物调整自己的想法。这意味着他看到的是自己脑中所想的，而不是思考自己眼前所见的。常识要求我们把所有的记忆都排好队，然后适当的记忆在每次情况需要时出现，仅仅用于解释当前的情况。而在堂吉诃德身上，恰恰相反，有一组记忆支配了其他记忆，并且主宰了他本人。因此，这次现实不得不屈从于想象，成为它的载体。一旦幻觉形成，堂吉诃德便合乎逻辑地发展出一切合理的后果；他像梦游者一样，在梦境中行动自如，精确无误。这就是错误的起源，也是主导这一荒谬背后的特殊逻辑。那么，这种逻辑仅仅属于堂吉诃德吗？

我们已经展示了喜剧角色在精神或性格上的顽固、心不在焉和自动化行为。喜剧的核心是一种特定的僵硬，使人固执地走自己的路，不听别人的话，也不愿意理解别人。在莫里哀的戏剧中，有多少喜剧场景可以归结为这一简单的模式：一个角色坚持自己的想法，不断重复，而与此同时，总是有人打断他。事实上，从不愿听别人意见到不愿看见真相，最后到只能看到自己想看的，转变是在不知不觉中发生的。顽固的思想最终会迫使事物屈从于自己的想法，而不是根据现实调整思想。因此，每个喜剧角色都处于我们刚才描述的那种幻想的边缘，而堂吉诃德为我们提供了荒谬喜剧的一般类型。

这种常识的倒置有名字吗？我们显然可以在某些形式的疯狂中看到这种倒置，有的是急性的，有的是慢性的。它在很多方面类似于固执的观念。然而，疯狂本身或固执的观念并不会使我们发笑，因为它们是病态的，它们只会激起我们的同情。我们知道，笑和情感是无法共存的。如果有一种可笑的疯狂，那必定是一种能够与正常精神状态相容的疯狂，可以说是一种正常的疯狂。而事实上，确实有一种正常的精神状态与疯狂极为相似，那里存在与精神失常相同的联想，存在与固执观念相同的奇特逻辑。这就是梦境的状态。因此，要么我们的分析不准确，要么它可以被总结为以下定理：喜剧的荒谬性与梦境的荒谬性本质相同。

梦境中的智力运作与我们之前描述的完全一致。当意识专注于自身时，它在外部世界中寻找的只不过是将其想象物质化的借口。声音依旧模糊地传入耳朵，颜色也仍在视野中浮现：简而言之，感官并未完全关闭。然而，做梦者并不动用所有记忆去诠释感官所感知到的事物，反而利用感知到的事物来赋予他偏爱的记忆一个实体：风穿过烟囱的声音，会根据做梦者的内心状态和他想象中的念头，变成野兽的嚎叫或悦耳的歌声。这就是梦中幻觉的常见机制。

如果说喜剧的幻觉是一种梦的幻觉，如果说喜剧的逻辑是梦的逻辑，那么我们可以期待在可笑的逻辑中发现与梦的逻辑类似的各种特性。我们熟悉的法则在这里再次得到验证：一旦有了一种令人发笑的形式，其他不包含相同喜剧内容的形式也会因为与第一种形式的外表相似而变得令人发笑。实际上，很容易看出，只要一个想法的游戏与梦的游戏有一定的联系，它就能让我们感到好笑。

让我们指出某种推理规则普遍存在的懈怠之处。

那些让我们发笑的推理正是我们明知是错误的推理，但如果在梦中听到，我们或许会认为它们是正确的。这些推理只是足够地模仿了真实推理，以至于能够欺骗一个沉睡的心灵。这仍然是逻辑，但是一种失去了力度的逻辑，因此减轻了我们的智力劳动。许多"机智"的表现正是这种推理，即简化的推理，只给出了起点和结论而已。随着想法之间的联系变得越来越表面化，这些智慧游戏逐渐演变为文字游戏：我们逐渐不再考虑所听到词语的意义，而只关注它们的声音。是否应该将那些非常搞笑的场景与梦境联系起来，比如一个角色系统性地错误理解另一个角色在他耳边说的话？如果你在一群人谈话的场合中打盹儿，你会发现他们的话语渐渐失去意义，声音变形，随意组合在一起，在你的脑海中形成奇怪的含义，正如拉辛的剧作《诉讼者》第三幕第三场中小约翰和耳语者的那场戏。

还有一些对于喜剧的痴迷，看起来与梦境的痴迷非常相似。谁没有经历过在连续几个梦中反复看到同一个画面,并且每个梦中这个画面都有着不同的合理解释,而这些梦之间除这个画面外没有其他共同点?在戏剧和小说中,重复效果有时也呈现这种特殊形式:有些效果让人联想到梦境。许多歌曲的副歌或许也是如此:它固执地反复出现,在每一段的结尾,每次都有不同的意义。

在梦中常常可以观察到一种特有的渐强效果,一种奇异性随着梦的进行而加剧。第一次让理智让步,会引发第二次让步,接着是更严重的让步,依此类推直到最终的荒谬。然而,这种通向荒谬的进程会给梦者带来一种奇特的感受。我想这就是饮酒者在感觉自己愉快地滑向一个不再受逻辑和礼仪束缚的状态时的感觉。现在看看莫里哀的某些喜剧是否会带给人相同的感受,例如:《浦尔叟雅克先生》,开头几乎是合情合理的,但结尾却充满了各种怪诞;再如《贵人迷》,随着剧情的发展,人物似乎被卷入了一场疯狂的旋涡。"如果还有比这更疯狂的,我就去罗马告诉大家"这句话提醒我们,这场戏已经结束,它让我们从一场随着剧情进展而愈加荒诞的梦境中醒来，正如我们与乔丹先生一起沉浸其中的那样。

然而，梦中有一种特有的疯狂。梦中存在某些特殊的矛盾，对梦者的想象来说十分自然，但对清醒的人而言却极为冲突，若非亲身经历，很难向别人准确完整地描述这种矛盾。我们在此提到的是梦中常常出现的那种奇异的融合：两个本来是独立的人在梦中融合为一体，却又保留了各自的区别。通常，其中一个人是梦者自己。他感觉自己仍然是自己，但同时又变成了另一个人。他既是自己，又不是自己。他听到自己在说话，看到自己在行动，但他感觉到另一个人借用了他的身体，夺走了他的声音。或者，他会感觉自己像平常一样在说话和行动，只不过他会像对待陌生人一样谈论自己，仿佛他与自己已无任何关系，他从自己身上分离了出来。我们能否在某些喜剧场景中找到这种奇怪的混淆？我说的不是莫里哀的喜剧《安菲特律翁》，观众虽然的确受到这种混淆的暗示，但这部剧的主要喜剧效果更多来自我们之前所提到的"两个系列的干扰"。我说的是夸张和充满喜感的推理,在这种推理中可以找到最纯粹的混淆,尽管这需要大量的思考才能把它找出来。比如,听一听马克·吐温在记者采访时的对话:

"您有兄弟吗?"

"有,我们叫他比尔。可怜的比尔!"

"他去世了吗?"

"我们从来没弄明白。此事一直笼罩着神秘的色彩。死者和我曾是一对双胞胎,我们在出生十五天时被放在同一个浴盆里。有一个溺水身亡,但一直不知道是哪一个。有些人认为是比尔,另一些人认为是我。"

"真奇怪。那您怎么看?"

"听着,我要告诉你一个从未对任何人提起过的秘密。我们中的一个手上有一个特别的标记,左手背上有一颗巨大的痣,那个人就是我。然而,溺水的正是那个有痣的孩子……"

仔细思考一下,你会发现这个对话的荒谬并不是随便的荒谬。若不是正好是这对双胞胎中的一个人说了这话,这个荒谬就消失了。荒谬的关键在于,马克·吐温声称自己是双胞胎中的一个,却又以第三者的身份讲述他们的故事。

在很多梦境中,我们的处理方式并无不同。

| 五 |

从这个最后的观点来看,喜剧似乎会以一种和我们以前赋予它的形式稍有不同的形式展现出来。到目前为止,我们一直认为笑主要是一种纠正的手段。如果我们把喜剧的种种效果排列起来,把其中的主要类型依次抽出来,你会发现,居于中间位置的喜剧效果往往通过与这些类型的相似性获得其可笑性,而这些类型本身则是对社会的各种冒犯。对于这些冒犯,

社会通过笑作为回应,而笑本身是一种更强的冒犯。因此,笑并非一种特别善意的反应,它更像是以恶报恶。

然而,可笑现象最初给我们的震撼印象并不在这里。喜剧角色往往是我们一开始会在某种程度上感同身受的角色。我是指,在极短的瞬间,我们会设身处地为他着想,采用他的动作、言语和行为。如果我们能从他的可笑之处找到乐趣,我们就会在想象中邀请他与我们一起分享这份乐趣:我们最初会像对待一位朋友一样对待他。因此,笑的人至少带有一种表面的亲切感、愉悦的友善,这一点我们不应忽视。尤其是,笑中还有一种经常被注意到的松弛感,我们必须寻找这种感受的原因。在我们之前的例子中,这种印象最为明显,而且我们也可以从这些例子中找到解释。

当喜剧角色机械地遵循自己的思路时,他最终会像在梦中一样思考、说话和行动。而梦境是一种放松。保持与事物和他人的联系,只看到现实,思考符合逻辑的事物,这需要持续的智能张力。常识就是这种努力本身，它是一种工作。而一旦脱离现实，却依然能看到影像，一旦打破逻辑，却还能将想法拼凑在一起，这就只是游戏，或者说是懒惰了。因此，喜剧的荒谬性首先给我们一种思想游戏的印象。我们的第一反应是参与到这个游戏中来，这让我们摆脱了思考的疲劳。

但我们可以对其他形式的可笑现象做出类似的描述。正如我们所说，在喜剧的核心中，总有一种倾向，即沿着一条容易的坡道滑下去，而这条坡道大多是习惯的坡道。不再努力适应并持续重新适应所处的社会，而是放松了对生活的关注。这样的人或多或少像个心不在焉的人。我承认，这是智性上的心不在焉，但更是意志上的心不在焉。然而这仍然是一种心不在焉，因此也是一种懒惰。他们打破了礼仪，就像前面提到的那样，他们打破了逻辑。最终，他们表现得像是在玩游戏。此时，我们的第一反应是接受这种懒惰的邀请，至少在那一瞬间，我们参与了游戏。这使我们暂时摆脱了生活的疲劳。

喜剧
越是高级，

Plus elle s' élève, plus elle tend à se
confondre avec la vie.

越是趋向于
与生活
混为一体。

但我们只会休息片刻。喜剧带来的同情是非常短暂的。这种同情也是一种分心。就像一个严厉的父亲，有时会因为一时疏忽参与到孩子的恶作剧中，但又会立刻停下来纠正它。

笑首先是一种纠正的方式。它旨在羞辱，因此必然会给被嘲笑的人带来不愉快的感觉。通过笑，社会对那些越轨行为进行报复。如果笑带有同情或善意，它就无法达到其目的。

或许有人会说，至少动机是好的，许多时候我们是因为爱才惩戒一个人，笑通过抑制某些缺点的外在表现，实际上是在提醒我们纠正这些缺点，继而从内在改善自己。

对此可以有很多讨论。一般来说，笑确实发挥着一种有益的功能。我们所有的分析都倾向于证明这一点。但这并不意味着笑总是击中要害，或总是出于善意甚至公平的考虑。

要做到总是击中要害，笑必须源于深思熟虑的行为。然而，笑仅仅是自然赋予我们的一种自动反应，或者说是经过长时间社会生活形成的习惯反应。它自然而然地发生，是一种立即的回击。笑没有时间每次都去考虑它打击的对象。笑惩罚某些缺点，就像疾病惩罚某些过度行为一样，惩罚无辜者，放过有罪者，追求总体效果，却无暇顾及个别情况的特殊性。凡是通过自然途径完成的事，往往如此，而不是通过有意识的反思。总体上，可能会出现一种正义的平均值，但在每一个个别案例中却未必如此。

从这个意义上说，笑不可能是绝对公正的。我们再重申一点：笑也不应是善意的。它的功能是通过羞辱来威慑。如果不是因为自然在最优秀的人身上留下一点点恶意，至少是狡黠，它就不会成功地实现这一功能。也许我们最好不要深入探讨这个问题，因为我们在其中找不到多少令人愉快的东西。我们会发现，放松或情绪扩张的动作不过是笑的序曲，笑的人会立即收住自己，或多或少骄傲地肯定自身，并倾向于把他人视作自己操控的木偶。在这种自负中，我们可以迅速察觉到些许自私，而在自私背后，还有某种更不自发、更为苦涩的东西，一种随着笑的人对笑的理性分析而越发显现的悲观主义。

在这里也和在其他地方一样，自然也是为了善的目的而利用恶。整个研究过程中，我们主要关注的都是这种善。在我们看来，随着社会的进步，社会成员的适应能力越来越强，社会的底层越来越平衡，社会的表面越来越少地出现与如此庞大的群体密不可分的骚动，而笑通过强调这些起伏的形状发挥了有益的作用。

这就像海面上的波浪不停地相互碰撞、冲突，寻求平衡，而海底深处却保持着深邃的平静。波浪相互搏击，彼此矛盾，试图达成一种平衡。轻盈而欢快的白色泡沫随波浪的变化不断形成。有时，退去的浪花会在海滩上留下一层白沫。旁边玩耍的孩子会把白沫捧起一把，片刻之后，却惊讶地发现手心里只剩下几滴水——这水比带来泡沫的海水更咸、更苦。笑的诞生正如这泡沫一样，它标志着社会生活中那些表面的反抗，瞬间描绘出这些震动的流动形态。笑也是一种带盐分的泡沫。像泡沫一样,它闪烁着愉快的光芒。但哲学家若想品尝它,偶尔也会发现,在这一小撮的物质中,隐含着一丝苦涩。

附录
关于喜剧的定义及本书所遵循的方法

在《每月评论》[18]上的一篇有趣的文章中，伊夫·德拉日（Yves Delage）先生提出了他自己对喜剧的定义，并与我们对喜剧的理解进行了对比。他的定义："要使一件事物成为喜剧，因果之间必须存在不和谐。"由于德拉日先生得出这一定义的方法与大多数喜剧理论家的方法一致，我们认为有必要指出我们的方法与之有何不同。因此，我们将重述在同一杂志[19]上发表的主要回应内容：

"人们可以通过一个或多个外在可见的普遍特征

来定义喜剧，这些特征可以在不时收集到的喜剧效果中找到。从亚里士多德以来，已经提出了许多这样的定义。您的定义，似乎是通过这种方法得到的：您画了一个圈，然后展示了随机挑选的喜剧效果如何被包含在其中。只要这些特征被敏锐的观察者记录下来，它们就无疑属于喜剧的范畴。

但我相信，我们也会经常在不符合条件的情况下遇到这些定义。定义通常会过于宽泛。我承认，它至少满足了逻辑在定义方面的一项要求：它指出了某个必要条件。但我不认为这种方法能给出充分条件。证据就是，有几种这样的定义都同样可以接受，尽管它们所表达的并不完全相同。而且最重要的证明是，据我所知，没有一种定义能够提供制造定义对象的方法，也就是说，没有一种定义能教我们如何创造出喜剧。"[20]

我尝试了一种完全不同的方法。我在喜剧、滑稽戏、丑角艺术等领域中寻找制造喜剧的方式。我认为它们都是在某个更一般主题上的变奏。我简化了这个主题，但真正重要的是这些变奏。无论如何，这个主题提供了一个通用的定义，这次是一条规则的构建。不过，我承认，通过这种方法得到的定义一开始可能会显得过于狭窄，就像通过另一种方法得到的定义显得过于宽泛一样。它看起来会过于狭窄，因为除那些本质上、凭其内部结构本身就显得可笑的事物外，还有许多东西由于与它们有某种表面的相似性，或由于与某个与它相似的东西有某种偶然的联系而让人发笑，而这种联系又可能无穷无尽地延续下去。因为我们喜欢笑，任何借口都能让我们发笑；而联想的机制在此是极为复杂的。于是，那些通过这种方法研究喜剧的心理学家，尽管会不断面对新的挑战，而无法通过一个公式一次性地解决喜剧的问题，却可能始终被告知他没有解释所有的现象。当他把自己的理论应用到别人提出的例子中，并证明这些例子是因为与那些本质上具有喜感的事物相似而变得具有喜感时，人们很容易找到其他的例子，然后还会有更多例子：他总有工作要做。相反，他将会抓住喜剧的本质，而不是把它圈在一个大大小小的圈子里。如果他成功了，他就会给出制造喜剧的方法。他会像科学家一样严谨和精确，科学家不会因为给某个事物贴上再准确不过的标签就认为自己已经了解了这个事物（总能找到许多合适的标签）；需要的是分析，而当你能够重新构造出这个事物时，你就可以确信自己的分析是完善的了。这是我尝试的任务。

我还要补充一点，在我试图确定可笑事物的制造方法的同时，我也探寻了当社会在笑时，它的意图是什么。因为让人感到非常奇怪的是，人们为什么会笑，而我之前提到的解释方法并没有解开这个小小的谜团。比如，我不明白，为什么"不和谐"本身会引起旁观者一种特定的表现——笑，而许多其他的属性、品质或缺点却不会让观众的面部肌肉产生反应。所以我们接下来要寻找的便是导致这种不和谐产生喜剧效果的特殊原因。只有当我们能够解释，为什么在这种情况下社会会感到有必要做出反应时，才算真正找到了答案。喜剧的原因中必然存在某种对社会生活略微具有侵害性（并且是特定的侵害性）的东西，因为社会通过某种带有防御性的反应表现了出来——一种带有些许恐惧意味的姿势。这就是我想要解释的全部内容。

［全文完］

尾注

1 此为本书1924年第23版前言。
2 《巴黎杂志》(*Revue de Paris*) 1900年2月1日（第512—544页）、2月15日（第759—790页）、3月1日（第146—179页）。
3 著作列表见"参考文献"。
4 让·德·拉布吕耶尔（Jean de La Bruyère），法国哲学家、作家。以描写17世纪法国宫廷人士、深刻洞察人生的著作《品格论》(*Les Caractères ou les Moeurs de ce siècle*) 知名。
5 法国喜剧作家莫里哀作品中一个经常出现的人物名字，据说源自意大利语动词sgannare，意思是"引出"（或者更准确地说，"让人们看到自己忽视或想要忽视的东西"）。
6 莫里哀喜剧作品中的人物。
7 英国剧作家莎士比亚的正剧作品。
8 裘格斯戒指（L'anneau de Gygès）是古希腊哲学家柏拉图在《理想国》中提到的一个具有魔力的神秘物品，该戒指可以使佩戴者获得隐形能力，柏拉图借此故事来讨论如果不用担心做坏事会危及自身名誉，一个有智慧的人是否可以称得上是正义的人这一问题。类似概念在后世如《指环王》中得到运用。

9 出自莫里哀的喜剧《吝啬鬼》(或译《悭吝人》),阿巴贡是一个典型的守财奴。

10 德国作家鲁道尔夫·埃里希·拉斯伯在《闵希豪森男爵叙述他在俄罗斯的奇妙旅行和战役》(也译《吹牛大王历险记》)中虚构出来的德国贵族。角色的原型是真实的男爵希耶洛尼斯·卡尔·弗里德里希·冯·闵希豪森。

11 蒲鲁东先生(Monsieur Prudhomme)和蒲鲁东夫人(Madame Prudhomme)是法国剧作家、漫画家亨利·莫尼尔(Henry Monnier)创作的漫画人物,他们是19世纪的一对资产阶级夫妇。

12 法语中的艺术是阳性名词。

13 17世纪法国元帅。

14 塔尔图夫这个名字已经成为典型的伪君子的象征,而费德尔和波吕厄克特则是悲剧主人公。

15 意大利喜剧中著名的小丑,他的经典造型是彩色格子外衣外裤。

16 让-弗朗索瓦·雷格纳德,法国剧作家,被誉为"在莫里哀之后,17世纪最杰出的漫画诗人",以他在1681年的旅行日记而闻名。

17 法国19世纪重要的诗人、小说家、戏剧家和文艺批评家。

18 《每月评论》,1919年8月10日,第二十卷,第337页起。——原注

19 《每月评论》,1919年11月10日,第二十卷,第514页起。——原注

20 此外,我们也在书中的多处简要展示了它们中的某些定义的不足之处。——原注

参考文献

（前言中提到的关于喜剧的主要著作列表）

1 Hecker, *Physiologie und Psychologie des Lachens und des Komischen*, 1873.
   海克尔，《笑与喜剧的生理与心理学》，1873 年。

2 Dumont, *Théorie scientifique de la sensibilité*, 1875, p. 202 et suiv. Cf., du même auteur, *Les causes du rire*, 1862.
   杜蒙，《敏感性的科学理论》，1875 年，第 202 页及以后。另见同一作者的《笑的原因》，1862 年。

3 Courdaveaux, *Études sur le comique*, 1875.
   库达沃，《喜剧研究》，1875 年。

4 Philbert, *Le rire*, 1883.
   菲尔贝尔，《笑》，1883 年。

5 Bain (A.), *Les émotions et la volonté*, trad. fr., 1885, p. 249 et suiv.
   贝恩（A.），《情感与意志》，法文翻译，1885 年，第 249 页及以后。

6 Kraepelin, *Zur Psychologie des Komischen* (*Philos. Studien*, vol. II, 1885).

克雷佩林,《喜剧的心理学》(《哲学研究》,第二卷,1885年)。

7 Spencer, *Essais*, trad. fr., 1891, vol. I, p. 295 et suiv. *Physiologie du rire*.
斯宾塞,《随笔》,法文翻译,1891年,第一卷,第295页及以后。《笑的生理学》。

8 Penjon, *Le rire et la liberté* (*Revue philosophique*, 1893, t. II).
潘荣,《笑与自由》(《哲学评论》,1893年,第二卷)。

9 Mélinand, *Pourquoi rit-on* ? (*Revue des Deux-Mondes*, février 1895).
梅里南,《我们为何笑?》(《双月评论》,1895年2月)。

10 Ribot, *La psychologie des sentiments*, 1896, p. 342 et suiv.
里博,《情感心理学》,1896年,第342页及以后。

11 Lacombe, *Du comique et du spirituel* (*Revue de métaphysique et de morale*, 1897).
拉孔布,《喜剧与机智》(《形而上学与伦理学评论》,1897年)。

12 Stanley Hall and A. Allin, *The psychology of laughting, tickling and the comic* (*American journal of Psychology*, vol. IX, 1897).
斯坦利·霍尔和A. 艾林,《笑、挠痒和喜剧的心理学》(《美国心理学杂志》,第九卷,1897年)。

13 Meredith, *An essay on Comedy*, 1897.
梅莉迪丝,《喜剧随笔》,1897年。

14 Lipps, *Komik und Humor*, 1898. Cf., du même auteur, *Psychologie der Komik* (*Philosophische Monatshefte*, vol. XXIV, XXV).
利普斯,《喜剧与幽默》,1898年。另见同一作者的《喜剧心理学》(《哲学月刊》,第二十四卷、第二十五卷)。

15 Heymans, *Zur Psychologie der Komik* (*Zeitschr. f. Psych. u. Phys. der Sinnesorgane*, vol. XX, 1899).
海曼斯,《喜剧心理学》(《心理学与感觉器官生理学杂志》,

第二十卷，1899年）。

16 Ueberhorst, *Das Komische*, 1899.
乌贝霍斯特，《喜剧》，1899年。

17 Dugas, *Psychologie du rire*, 1902.
杜加，《笑的心理学》，1902年。

18 Sully (James), *An essay on laughter*, 1902 (Trad. fr. de L. et A. Terrier: *Essai sur le rire*, 1904).
萨利（詹姆斯），《笑的随笔》，1902年（由L.泰瑞尔和A.泰瑞尔翻译为法文：《关于笑的随笔》，1904年）。

19 Martin(L. J.), *Psychology of Aesthetics : The comic* (*American Journal of Psychology*, 1905, vol. XVI, p. 35-118).
马丁（L. J.），《美学心理学：喜剧》，（《美国心理学杂志》，1905年，第十六卷，第35—118页）。

20 Freud(Sigm.), *Der Witz und seine Beziehung zum Unbewussten*, 1905; 2e édition, 1912.
弗洛伊德（西格蒙德），《诙谐及其与潜意识的关系》，1905年；第2版，1912年。

21 Cazamian, *Pourquoi nous ne pouvons définir l'humour* (*Revue germanique*, 1906, p. 601-634).
卡扎米安，《为何我们不能定义幽默》(《德国语评论》，1906年，第601—634页）。

22 Gaultier, *Le rire et la caricature*, 1906.
高缇耶，《笑与讽刺画》，1906年。

23 Kline, *The psychology of humor* (*American Journal of Psychology*, vol. XVIII, 1907, p. 421-441).
克莱恩，《幽默的心理学》(《美国心理学杂志》，第十八卷，1907年，第421—441页）。

24 Baldensperger, *Les définitions de l'humour* (*Études d'histoire littéraire*, 1907, vol.I).

巴尔登斯佩格，《幽默的定义》(《文学史研究》，1907 年，第一卷)。

25 Bawden, *The Comic as illustrating the summation-irradiation theory of pleasure-pain* (*Psychological Review*, 1910, vol. XVII, p. 336-346).

鲍登，《作为愉悦—痛苦总结—辐射理论的体现的喜剧》(《心理学评论》，1910 年，第十七卷，第 336—346 页)。

26 Schauer, *Ueber das Wesen der Komik* (*Arch. f. die gesamte Psychologie*, vol. XVIII, 1910, p. 411-427).

绍尔，《关于喜剧的本质》(《全面心理学档案》，第十八卷，1910 年，第 411—427 页)。

27 Kallen, *The aesthetic principle in comedy* (*American Journal of Psychology*, vol. XXII, 1911, p. 137-157).

卡伦，《喜剧中的美学原则》(《美国心理学杂志》，第二十二卷，1911 年，第 137—157 页)。

28 Hollingworth, *Judgments of the Comic* (*Psychological Review*, vol. XVIII, 1911, p. 132-156).

霍林沃思，《喜剧的判断》(《心理学评论》，第十八卷，1911 年，第 132—156 页)。

29 Delage, *Sur la nature du comique* (*Revue du mois*, 1919, vol. XX, p. 337-354).

德拉热，《关于喜剧的本质》(《月度评论》，1919 年，第二十卷，第 337—354 页)。

30 Bergson, *À propos de « la nature du comique »*. Réponse à l'article précédent (*Revue du mois*, 1919, vol. XX, p. 514-517). Reproduit en partie dans l'appendice de la présente édition.

柏格森,《关于"喜剧的本质"的回应》,1919 年(《月度评论》,第二十卷,第 514—517 页)。部分内容在本版附录中再现。

31 Eastman, *The sense of humor*, 1921.
　　伊士曼,《幽默感》,1921 年。

喜剧的本质

作者 _ [法] 亨利·柏格森 译者 _ 金祎

编辑 _ 周奥扬 装帧设计 _@broussaille 私制
技术编辑 _ 顾逸飞 责任印制 _ 杨景依 出品人 _ 许文婷

营销团队 _ 王维思 谢蕴琦

果麦
www.goldmye.com

以 微 小 的 力 量 推 动 文 明

图书在版编目（CIP）数据

喜剧的本质 / （法）亨利·柏格森著；金祎译. --
西安：太白文艺出版社，2025.5. -- ISBN 978-7-5513-
2957-6

Ⅰ．I565.073
中国国家版本馆CIP数据核字第20252HC625号

喜剧的本质
XIJU DE BENZHI

著　　者	［法］亨利·柏格森
译　　者	金　祎
责任编辑	张　曦　李　洋
装帧设计	@broussaille私制
出版发行	太白文艺出版社
经　　销	新华书店
印　　刷	天津丰富彩艺印刷有限公司
开　　本	770mm×1092mm　1/32
字　　数	68千字
印　　张	6.25
版　　次	2025年5月第1版
印　　次	2025年5月第1次印刷
印　　数	1—6,000
书　　号	ISBN 978-7-5513-2957-6
定　　价	45.00元

版权所有　翻印必究
如有印装质量问题，可寄出版社印制部调换
联系电话：029-81206800
出版社地址：西安市曲江新区登高路1388号（邮编：710061）
营销中心电话：029-87277748　029-87217872